巴弟

林若曦 著

自序

在這個人心日漸疏離的社會，我們都在尋找忠實的夥伴，由於害怕受傷，往往先武裝自己，甚至預設了攻擊的機制，結果越不相信彼此就越不能夠被相信，於是逐漸地封鎖了真心。其實，只要我們願意卸下心防，永遠都會有一個溫暖真誠的擁抱在等著我們。

我一直很想寫一本替狗兒發聲的書，想像假使他們能說話會是什麼樣子，當他們被拋棄時，情感遭受創傷的悲痛應該也和人類一樣吧，或許更甚，因為他們的情感更為專一。我們常說，狗是人類最忠實的朋友，他們把生命中的重要位置留給我們，而我們所給予他們的又是什麼？物質上的享受和奢華無關緊要，真心的對待及溫暖的關懷，才是幸福之所在。

書名《巴弟》取自英文字 Buddy，意思是夥伴或兄弟，是眾生平等平權概念的延伸。大家都知道要善待流浪貓狗或是愛護動物，但有時那種關心很難再近一步，主要是缺乏一個連結，因此我試圖以小說做橋梁，在故事中用不同的視角看待同一件事，側重心理層面的敘寫。從巴弟到阿吉，從家狗變流浪狗，一連串的遭遇和對應，誠懇平實地呈現主要角色的想法感受與心情轉折。透過擬人化的書寫方式，希望大家能因了解而改觀，並真正地理解動物內心的活動和需求。

這本小說以四個短篇從不同角度切入關於人與狗的故事，藉此表達出家狗被拋棄的痛苦和身為流浪狗的辛酸。由三頭鬼的傳說和傑哥的失蹤，巴弟展開了一路的追索，然而，走了一遭，最後發現找回來的是自己。在一次次失去家的過程裡，巴弟終於了解自己的存在並不需倚賴任何事物。這個故事也可以說是巴弟尋找自我的歷程，他一生追尋可忠誠的對象，或是那稱之為家的一份歸屬感，卻總在別人的故事裡轉不出來。

我們所能成就的事往往不在於我們身處的位置，而是取決於心的容量和方向。行為奠定了價值，而價值讓我們不再迷失自我，成為能讓自己依靠也讓他人依靠的力量。家，對巴弟而言，也許更像是一種心靈飽滿的程度。

目錄

家

1

「這兩道刮痕！能證明他們不是憑空消失。還有，肯定還有些什麼是我遺漏的……這群吃人不吐骨頭的惡魔，實在凶狠狡猾。美寶啊……我可憐的美寶。」她焦躁不安的抓耳撓腮，看來已經幾夜未獲好眠。

「你別多想了，可能美寶只是離開了……」他欲說服她什麼，話才出口兩句又被她搶在前頭，「不！我不要再看到任何一個被帶走……他們會把我們帶走……為什麼就是不肯相信我！」

她向天邊吼了幾聲來回踱步，他嘆了口氣，背對著她沉思。

她越想證明，卻越是不得其所，語氣反覆無常毫無脈絡可言。「我們只要通力合作。必須團結一致的……只要做好防禦，只要……只要再小心一些……會有辦法的，會有的。」

「我求你別再這樣了。」他語帶哽咽的瞥見地上幾撮毛髮，看著她日益削弱的神采，心裡慌忙得就像火在燒，也只能任由它燒。

「下一個是我了吧，總會輪到我的……」她語氣平淡得不合乎常理，但常理又可靠嗎？關於此事眾說紛紜，卻沒一個版本落在常理的範疇裡。

「你敢再說……」他終於崩潰放聲嚎啕。

他們才剛從外地來這沒多久，暫居的這間破廟月前被一場大火燒成了廢墟，在這裡，他們從不問彼此的過去和來歷，不告而別是極為平常的事，他不明白為什麼她要無限放大美寶離開的事件，然而他愛她，愛的字義裡顯然包含信任，既然她認為事有蹊蹺，或許不是全然沒有理由。

廢墟旁有個北富魚市，他幾次想要去探索都因為不放心她而走不開，他知道那裡有些同伴，只不知是敵是友。

還未砌上水泥圍牆的北富魚市，攤販無秩序的散落四處，這個冬季似乎特別多寒流，海風帶來的溼氣在低於十度的夜晚裡又將氣溫硬是拽下去幾度，大伙兒只得挨在一塊皮肉與皮肉相抵著相互取暖，幸而周圍時不時疊滿了保麗龍箱和舊報紙，擋掉一些冷風。波哥和老莫算是魚市的老資深了，他們這兒也正發生一些怪事，從這角度望過去，只見小廟不完整的外牆已斑駁漆黑，在夜間更增添幾分陰森氣息。

「你說會不會是那裡？」老莫問。

波哥打了個寒噤並不想表示意見。就在這個深夜，空曠的街邊忽地一聲比敲擊破銅鐵更為難耐的聲響，幾個影子在月光下交疊相錯，蜿蜒前進，像一隻三頭蛇在緩慢爬行。只見那影子越來越大，臨要近身時，又驟然拐了個彎到隔壁的破廟，波哥憋著一口氣綳緊身子，幾乎要忘了呼吸，終於捱到次日清晨，看看身旁的夥伴都安在，這才稍稍回魂，這個月來這已經不知道是第幾次了。

「這樣下去也不是辦法！」老莫說。

「不然你想怎辦？」

「去看看。」老莫畢竟年輕氣盛，也不知哪借來的膽就要去闖闖。

波哥見狀立時撲身擋在路口，「你瘋啦。三頭鬼昨晚就往那裡去的。」

「擔心什麼，現在天亮得很，諒他是五頭鬼也不敢現身。」

波哥想想也有道理，當下無話可駁，老莫接著反問：「你敢不敢？」

波哥聽出那話裡激將意味濃厚，但也顧不得那麼多，一個轉身，像腳底抹油般已不見蹤影。

老莫躡手躡腳準備往破廟的方向踱去。被夾在魚市和百齡公寓之間的小廟原本也是個覓食的好地方，但上個月那場火把這裡變成了廢墟，起火的原因就像三頭鬼那樣神祕，「警方還在查」是波哥從那個賣鐵板牛排的新商家那兒聽到的消息，波哥這鼠頭鼠腦的傢伙，誰給得起吃的就成了爹，整天黏著人家不放，傑老大前傑老大後的叫得多親熱，老莫可不吃這套，他信不過那些人。

原來這兒又失去了幾個同伴，眼前只剩下一男一女。

只見一名外來者搶在老莫前方闖進廢墟，看樣子是想要搶食。那男的吼了幾聲就將外來者給驅跑了。老莫登時退了幾步，躲在樹後悶聲不吭，那男的這般迅猛異常，是老莫前所未見，只可惜英挺的身軀上卻頂著一副愁眉，那女的則是毛髮煥亮，蜷曲側臥的睡姿裡盡是嬌滴婀娜，與老莫平時所見的女子渾然不同，難怪這位老哥呵護備至。欣嘆之餘，老莫的心陡然一沉，她的長髮讓老莫想起了三頭鬼，老莫依稀記得之前失蹤的同伴們都是長髮飄逸居多，莫非那三頭鬼偏愛長髮？

不過管他偏愛什麼，他們可不能這樣坐以待斃，要是能拉攏眼前的這位老哥，或許就不需要再怕那三頭鬼了，老莫心裡暗自盤算著。

「誰?!」他聽到後面草叢傳出可疑雜聲，幾聲吼叫渾亮得似雷鳴，緊跟著一個迅捷的撲擊，拳風虎虎而至，老莫哇的一聲喊了出來：「喂喂，老哥，別這樣，都是朋友。」

他急忙收了拳，老莫仍餘悸未消，「是朋友，嘿嘿，朋友。」

「美寶！」她驚醒後，瘋狂的亂吼亂叫，「是美寶！我看到她了，天啊，她告訴我那些人怎麼對她。我們要去救她，走啊，否則下一個就是我們了……」

老莫瞠目結舌看著眼前這一幕。

「又做噩夢？別怕。」他緊靠著她，深怕她會從那多出來的一絲空隙中掉出他的生命。

昨晚像極了那些個夜晚。她在嗚嗚哀鳴聲中不支昏睡過去，而他則進入了全神戒備的狀態，黑暗中見到幾張似人非人的臉飄過，這下他更篤信恰克的說法，這地方不乾淨。他獨自守夜至隔日天明，眼睛眨也不敢多眨一下，寸步不移的守著她，但沒有用，只要他無法解釋美寶的失蹤，她就會永遠活在這種恐懼。

「美寶告訴我她被禁錮著，」她顫聲對他說，「怎麼辦？我們要去救她。」

「是地獄嗎？」老莫突然插上嘴，心想三頭鬼住在地獄，那麼抓到的同伴肯定也禁錮在那兒。

「不！」她眼神直勾勾的望著前方，眼裡有著深不見底的空洞。「是一個更可怕的地方……」

老莫和他相覷無言，冷風從脊椎骨直往腦門掃，有時那樣子籠統的話在腦裡更能夠發酵出一種不見底的恐怖。

老莫隨即將大火和三頭鬼的事與他們說了，這陣子北富魚市也無端消失了幾個同伴，老莫漸漸懷疑事情沒那麼簡單才因此犯險而來，既然大家都脫不了危險，還不如通力合作，或許三頭鬼見他們勢壯便不敢恣意侵犯。

「可是遷移是常有的事。」他說。

「是沒錯，但這次……真的不太對。那晚小孟和我相約隔天一早去偷仁叔的脆丸子吃，我笑他省省吧，別又被仁叔的大掃把伺候，他哼了一聲叫我明日等著瞧。可是隔天他居然就不告而別……」

「和美寶一樣，被抓走了?!」她忽地湊上來一問。

「這我倒不敢說，只不過……我知道小孟這小子，在這裡好吃好睡的……不是我非要看扁他，離開這他還能去哪？」

「肯定是被他們抓走了。」她喃喃的說。

「他們？難道還有兩個三頭鬼？」老莫這一驚，踉蹌了幾步，差點沒跌在那一窩娃兒身上。「喂咦，好險。」他在空中挪了個角度，轉而摔向一旁的牆，恍然大悟說：「這就是你們一直守在這的原因？」

她悲戚的緊靠著那幾個娃兒，神情有些激動，「我絕不能讓他們抓走我的寶兒！他們別想抓走我的寶兒！」

他只是一味的勸解：「我們不做虧心事，也和三頭鬼沒冤沒仇的，根本沒有誰要來抓他們，你別再疑神疑鬼了。」

她欲反駁，老莫卻搶了先機：「喂，老哥，話可不是這麼說的……這裡並沒有誰做了虧心事，還不是一個個都給三頭鬼抓了去。」

眼下是個二對一的局面，他只得噤聲。

「要不，就我們搬來這吧，遷就你們。」老莫嘴裡說遷就，其實內心恨不得拿個繩索將大伙兒串在一塊才安心，還生怕他們不肯。

她聽到有更多同伴要進駐這間破廟，心裡頓時安然不少，這時才感到身子的疲憊。

她攤在他身旁仰首看著雲端，一碧如洗的天頂遼闊無垠，他盼望她的心能與之共鳴，然而她只看到雲朵的形狀貌似某一張猙獰的臉孔便急忙躍起身。

「是一個新的線索！」她在五乘三的地磚範圍內來回踱步，看似屏氣凝神，總能來得及在壓線前轉身，這是她在美寶失蹤後不自覺的習慣，像是在排遣某種壓力。

他知道她又開始想起美寶的事，雖然沒有明說，但他依稀感覺她口中的他們是指人們，然而又怎麼可能呢？人們也許會作弄、謾罵或甚至辱打他們，但說到要如此費力的將他們擄了去，並沒有任何意義啊。

權衡之下，他寧可她信了三頭鬼的傳說，於是換了個極欲說服的神情，「剛才那個叫老莫的說得沒錯，幾個月前那些孩子玩炮燒了這間廟，原本給神靈鎮壓著的三頭鬼不知怎的全跑了出來，一定是這樣的。上一次我們不是才看到……」

「不，我不相信那些。」她打斷了他的話，而他仍鍥而不捨的再勸誘：「聽我說，又或者美寶得罪了地方的神靈呢？啊！是了！那天她不知從哪叼來一隻筊杯，還興高采烈的擲耍著……」

「那恰克和小孟呢？可別說他們又得罪了誰！」她目光灼烈，立時令他箝口結舌。

她將臉悽然的撇到別處，「沒想到，連你也不相信我。」

「你別老往那方面想……他們這樣對付我們又有什麼意義。」

「呵……什麼意義……等你想到的那天，他們早已經剝了你的皮、拆了你的骨、啃著你的肉。到那時，你再相信也不遲……」她冷峻的笑裡藏著一把兩刃刀，其實他們都清楚，有許多時候，活生生的惡魔更是恐怖。

一席話還未說完，老莫和波哥早已拉著幾個同伴迫不及待的趕至破廟。老莫更是毫不客氣的霸佔了靠近裡邊的位置，立刻引發波哥的高音咆哮。他們非得要他來評評理。

老莫劈頭就說：「老哥，你說一句，我阿莫絕對沒有第二句。」

波哥亦不甘示弱的表示：「老鄉，我們都從一處來的，你就說吧，我相信你是公允的。」而他只是掛著一副和氣的皺眉，兩位都不願得罪。

兩個活寶又開始喋喋爭辯，逗得一窩子娃兒咯咯笑個不停。她見到娃兒們笑，當下寬慰的揚起嘴角，那是他看見她的最後一個微笑。

「這樣不是很好嘛。」他望著她說。

她的臉又忽而一沉，「不……不，事情還沒有結束。我們還是得搬離。」

這次他終於失去了耐性，深吸了一口氣，他受夠了那樣的低氣壓。別說這一窩子娃兒尚年幼，就算是能遷移，也不知道該搬去哪，這地點是他們流浪這麼久以來的最佳居住地，既隱蔽又可遮風擋雨，一旁的魚市隨時都有源源不絕的食材供應。

老莫停住和波哥的扭打，撇過頭說：「嫂子，三頭鬼早給我們嚇跑了，你就安心休養吧。」

「是我嚇跑的。」波哥又補上這句，風波自此又開始翻攪了起來，寂靜的破廟驟然鬧哄哄的一片。

連日大雨早已經刷清那兩道拖曳的痕跡，這一日，她踏著規律的步子原路回廟，循著電線桿上的記號找尋美寶或恰克留下的線索，他們總有些祕密的溝通方式，是不為人所知的。

快啊……快啊。她暴露在各個顯眼處，就是想要引他們現身。然而他們好像知道她的用意似的，這一週風平浪靜的度過了。

他沒發現她平靜的外表下竭力隱藏一顆極欲崩裂的心，還跟著老莫和波哥逗鬧，讓死寂沉沉的生活恢復了元氣。

恰克在電線桿上留下的最後信息裡充滿了恐懼，美寶每晚在夢裡對她哭訴著自離去後飽受的欺虐，然而這些都無法比擬她等待著死亡的惶恐無助。她早已豁了出去，只盼能找到有利的證據讓他相信。倘若那時她還有幸存活，他們可以搬去深山野嶺，遠離這些比鬼還邪惡的魔。

隔週，她沒有道別。像美寶一樣不知所蹤，只留下地上兩條新鮮的刮痕。

他錐心瀝血，瘋狂的找尋她的下落，眼前就算是幾個十頭鬼，他也和他們硬拚了。只要能再見她一面……哪怕只是像美寶那樣出現在夢裡也好。這極卑微的指望終究沒能成真。除了一窩子的娃兒，她什麼也沒有留下。

這幾日老莫和波哥心裡也悼念著她，卻不敢和他多聊幾句，八字眉成了倒八字，集中在眉眼中心的戾氣是他倆從所未見的，娃兒們一見他就哭，他們只好幫著照顧一窩子娃兒。

大寶的獨立性格最像他老爸，時常一溜煙就不見影子，在破廟周圍替大伙兒尋覓食物；二寶有著母親的風範，總擋在幾個娃兒身前不讓外來的一切威脅靠近；三寶最黏老莫，常在他臉頰上蹭啊蹭的，細緻的娃兒皮毛搔得老莫咯咯直笑；而四寶則最頑皮，一會兒扯波哥的鬍鬚，一會兒掃老莫的腿，天不怕地不怕卻只怕二寶，沒有他的允許，從不敢跨越破廟半步。

這一天三寶又在老莫懷裡穩穩睡去，波哥瞥視這幕，神情帶些鄙夷的說：「娘兒們。」

老莫小心翼翼將三寶安置妥當後，使勁的朝波哥筆直撞去：「你這腳底抹油的膽小鬼，你敢再說一次！」

「我又沒說是誰，你自己承認啊。」

「你……你……」老莫氣得吹鬍子瞪眼，卻也無從反駁，只好又與他扭打了起來。眼見又一場鬧劇，眾娃兒樂翻了，渾然未覺母親已失蹤數日的噩耗。

這連日來，他像喪失了心魂，想到盡處也只是一個無底的謎團，甚至不知道該將這股憎恨投向三頭鬼或是她口中的人們。滿身的怒氣一逕積壓著，他變得越來越暴戾，有時一整天也沒去看娃兒一次，反正娃兒們見著他就只是哭個沒完。

又一晚，也是個烏雲罩頂的夜，他悽然朝向天空嗚嗚嚎叫，冷風中夾雜著幾片枯葉盤旋飛起，呼呼聲中隱約傳來一聲回應。他欲要聽個分明，提步就往魚市那方向奔去。黑暗中在月光的掩映之下，雙頭鬼終於出現了。

他在暗處見得清楚，雙頭鬼背著光而來，確實不是老莫所敘述的三個頭。有幾聲鐵鍊摩擦水泥地的聲響緩緩靠近，他怔了怔，隨即由懼怖轉為狂怒，心一橫，打定了主意，不論是幾頭鬼，今晚也絕對要殺他個片甲不留。

雙頭鬼這次沒有蛇行，筆直朝他走來，然而在魚市和破廟的交界處卻頓了頓，似有些猶豫。

他到此時才想起自己的一窩子娃兒，擔心雙頭鬼轉往那處去，也顧不得伺機而動，驚吼一聲，飛快從黑暗中躍出。

雙頭鬼也跟著咆哮了幾聲，盛怒之下竟一分為二，提起武器隨時就要進攻。他也站定姿勢，蓄勢待發。只見又另一個影子在雙頭鬼後方晃動，跟著老莫和波哥奔了出來驚吼：「他們抓走了大寶三寶。」

就在這同時，雙頭鬼往馬路方向撤退，他一個箭步追去，絕沒料到三頭鬼還能再分身，遺漏的那個就是今晚去抓娃兒的。

三頭鬼又合三為一，竄入轟隆作響的移動鐵箱之中。他眼尾已經瞧到娃兒被禁錮在鐵籠子裡，和三頭鬼一塊沒入黑暗之中。

他唯恐不及的拔腿快跑，現在換成他在亮處，視線變得極差。他再也管不得那麼多，挨近了之後憑直覺就是一咬，三頭鬼哇啊一聲，震天價響，接著一根棍棒從暗中對他飛來，每一棒都擊得他痛欲噴淚，然而他始終咬著不放。

終於三頭鬼痛下殺手，一條鐵鍊子橫地朝他腦門掃落，若不是力道強到擊下他一顆側牙，他是絕不肯鬆口的。

移動鐵箱的門還未關閉，輪圈在地上空轉了幾轉，冒出刺鼻的氣味，一溜煙已消失無蹤。

這一切都只發生在轉瞬間，當時老莫喊出了聲後，便及時醒悟，當機立斷折返，擒心三頭鬼又多出一頭將二寶和四寶也抓了。波哥則是趕過來助陣，到達時只見他氣若游絲，滿臉是血癱躺在路邊，嘴裡呸出一塊肉，是三頭鬼的爛肉。

「咦！……」孩子們聽完故事後一哄而散。這段發生在三年前的神祕傳說，鐵頭不知道講了幾次，孩子們聽了也不害怕了，還在那你一言我一語的討論三頭鬼的爛肉是什麼滋味。

「說不定裡頭有毒，吃了會生病。」

「或者會像三頭鬼那樣，另外長出兩個頭來。」

華弟和阿亮在一旁為了一塊肥肉吵得面紅耳赤，民雄再也看不下去的吼：「你們再吵啊，到時被三頭鬼抓走，看誰救得了你們！」

「和波哥一樣嗎……」阿亮怯怯的問，嘴一鬆，肉頹然躺在原地，華弟也退開一大步，豬皮趁勢從中穿越將肉叼了去。

「不！可能比波哥還……要……慘……」民雄特意將聲音放沉，「而且這隻三頭鬼不但最愛在夜裡抓替身索命，還特別注重美貌，專挑好看的抓，凡是毛髮亮一點的都會遭妒，被三頭鬼帶走之後將魂魄吸光再棄屍荒野，模樣慘不忍睹。」

阿亮和華弟立時衝向對方，緊緊相互擁著。

「不過你們是不用擔心的。」鐵頭撇過頭來瞧了他們一眼，帶著一種鄙夷的神氣。

「怎麼說？」豬皮咂嘴弄舌，也在一旁湊熱鬧。

「瞧你這副尊容，嘿嘿，恐怕三頭鬼還不要你的魂呢。」

豬皮沒好氣的咕噥了幾聲，臭起一張臉，繼續嚼著肉。

「不過那也未必……」華弟心有餘悸的朝路燈旁的一串鐵鍊瞥視，「他們不一定要精魂，聽說也會吃我們的肉……」

豬皮剛嚥下最後一口從華弟那搶來的肉，喉頭突然覺得癢癢的，不知道是發作的前兆，還是心理作用。

「誰說波哥一定是被捉走，說不定他只是待膩了，或是去百漢山找莫叔。」朵拉從另一端魚市鑽過來說。這時仁叔應該在忙著收攤了。

「那……那個賣鐵板牛排的傑老大呢？這麼大個人，難道也能被捉走？」民雄問。

「喂！這話千萬別在阿吉面前提。」鐵頭還滿喜歡這個才剛認識三個月的新朋友，不過可能是之前生長環境不同，他明明這麼大個兒卻又什麼都怕，緊黏著傑老大，那傑老大看起來不像什麼好人，不知道阿吉喜歡他什麼。

他們從那段傳說聊到波哥的失蹤，又聊到傑老大的失蹤，繞了一圈開始討論阿吉這個外來者。

「朵拉你說吧，他是不是怪怪的，以前在這也整天跟在傑老大屁股後頭，找他去玩也不去，他跟我們才應該是一夥的吧。」民雄問。

「人家對我們好，我們就應該也對人家好，這樣有問題嗎？」朵拉擺出一張臭臉，民雄才意識到自己問錯對象了，她也是和人類友好那一國的，沒好氣的咬起昨晚那塊還未啃食乾淨的雞骨頭。

2

「巴弟，快過來啊……巴弟，來嘛……」

阿吉使盡全身氣力驚吼一聲，心跳隨著急促的一呼一吸慢慢趨於緩和，載滿砂石的工地推車吱嘎駛過地上臨時鋪蓋的鋼板，他知道他已遠離夢境。

熟悉的一切漸漸褪去，眼前是另一個噩夢的起始。斑駁的天花板因震動而落下些粉末，在光暈裡旋轉舞動，一步一蹬都緊貼著振奮的旋律。他哼的一聲躍起，胡亂在空中揮拳振臂，但它們左一躲右一閃，卻飛得更高更遠了。

他不服，但終究由不得他不服。

直到氣力用畢，他累得癱坐在床上，咚一聲震麻了筋骨，這裡可不比家裡。家裡……呵，現在他有一整片大地，用不完的自由。

巴弟是他曾經擁有過的名字，概括了一段他還無法面對的過往，他現在叫阿吉，可是失去傑哥，他還是阿吉嗎？

暖和的陽光有助於沉澱紊亂的思緒，他不再像剛才那樣難過了，畢竟心靈破碎的時期已然過去，現在才是他擁有的，現在才是應該把握的。

現在……想著想著竟打了個冷顫。

他踏著失魂的步伐，一步沉過一步的往某個暗巷踱去。

這是傑哥消失的第二週，卻才像昨天，同時又像過了幾年。就此刻而言，時間是無比漫長且難熬的。傑哥拿著鐵鏟的翻炒畫面恍似還在阿吉眼裡溜溜打轉，然而他竟不告而別，連攤子也不要了？或是當中有其他內情？……阿吉今日特意避開大伙兒，沒想到卻在永新公園撞上老莫和朵拉。

「那老男人可不是什麼好東西，勸你別太多情了吧。」老莫乜斜著一雙眼，嘴角不自覺的揚起了角度，可惜沒能施展到極限，阿吉便一拳豪揮過去，尚未展開的嘴角腫脹痲痹，血水從撕裂的傷口邊緣緩緩滲出。

朵拉急忙推開他們倆，老莫氣不過的作勢要回擊，但也暗忖自己不是對手。

「收回你的話！」阿吉惡狠狠的盯著老莫，他進一步，老莫就也挪一步，兩人以朵拉為中心，等距繞著，像永遠碰不著面的南北極兩端。

待阿吉情緒稍稍平復，老莫在朵拉身後哼笑了一聲，「小老弟，我這是為你好，你才到這兒多久？一個月？呵……孩子，還沒輪到你嘞，別想著自己能夠倖免，這些人啊，沒一個好東西，用得著你在那稱兄道弟的？」

阿吉默然往一旁瞥去，老莫緊接著又說：「他有這下場，只能說……算天開了眼！聽我老莫一句，他這是活該，你再這麼下去，也是活該。」

「你說我就算了，不准你說傑哥！」

「傑哥傑哥還叫得挺親熱的……人家賞幾頓剩飯，你就痛哭流涕的搶著為人披孝衣啊？濫充情義也不算什麼壞事，只可惜你找錯了對象……」老莫呲牙咧嘴如剔牙般滿不在乎的輕浮舉止惹怒了阿吉。

「你說什麼！找打啊。」阿吉耳裡迴盪著孝衣二字，彷彿老莫已將結局給寫下，再沒有轉圜的餘地了。他朝老莫臉上氣憤的吼了一聲，那惡狠狠的雙目鋒利得像能把老莫給一刀刺穿。而老莫卻意外的沒有退避，「人家當你什麼？根本不是個東西。踹你幾腳還會自己滾回來，你知不知道羞恥？自己不要臉就算了，別把我們的臉也給丟光！」

「你敢再講。」

老莫欲再講時，卻倏然收了口，陰著嘴暗笑，「我不講囉……你能聽進去多少算多少，以後你就會知道要感激我了。希望到時候不會太遲……」

阿吉赤紅著臉，老莫一時得意忘形，朝天打了個哈欠，阿吉趁他挨近些時又賞他一頓拳腳，朵拉忙將身子湊到他倆之間，「老莫！你先走吧。」她努著嘴對老莫吼了一聲。

「吶，我這是給朵拉面子，今天就先饒了你。不知天高地厚的小子，我老莫出來混時，你小子還沒出娘胎嘞……」老莫趁著這台階漸漸隱去，嘴裡仍喃喃咒罵不迭。

叫罵聲隨著他的身影變得越來越小，而阿吉心中那團怒火卻越滾越大，「你嘴巴給我放乾淨一點！否則我見一次打一次。」阿吉追了幾步，老莫的背影卻只剩下一個棕色小點，一溜煙隱沒在巷弄中。

「我真該撕爛他那張不三不四的小人嘴！」他將垃圾桶跌落的鋁罐踹得哐啷作響，在空曠的巷弄中顯得特別響亮。

朵拉只是無語的佇立著。阿吉怔著和她對望一眼，訝異自己有如小混混般的言行舉止，是否該視為被同化了的徵兆。一股莫名的隱憂從微微作痛的拳端直往心頭竄。

他不崇尚暴力，特別是朵拉在場時。然而有時為了把事情做對，為了顧全大局，許多的不得已也得咬著牙吞忍下去，他稱那為暫時的必需。

「何必呢，你知道老莫就是講話沒分寸慣了。」朵拉溫厚的眼神僅軟化阿吉的心短短幾秒鐘，他撇過頭，對著空氣繼續發飆，「他們憑什麼中傷傑哥！他們哪一個沒受過傑哥的恩惠？……」阿吉竭力克制顫動不迭的聲線，他嚥下一口口唾沫，始終難以安撫那一觸即發的悲痛。

深夜時分，阿吉獨自朝那一排破舊矮房的方向踱去，忐忑的徘徊在三十五號巷弄前，家家戶戶都熄滅了燈火，整條巷子只有傑哥一家是亮著的。他原先僅抱著碰運氣的心情，然而隨著距離的逼近，有許多期待自顧自的伸展開。一輛熟悉的發財貨車正停在家門前，是前天沒有的。他的心怦怦亂跳蓋過了各種思緒，是傑哥回來了嗎？……阿吉飛快的朝巷弄裡奔去。

心裡的鞭炮聲疏疏落落而終至靜止，眼前一片平靜，他走近幾步，偷偷往鐵窗裡頭張望。傑嫂在房裡啜泣，房裡的任何一角，都找不到他們共同期待的那個身影。

傑嫂為什麼哭，她放棄找尋傑哥了嗎？事情真像老莫那該死的傢伙說的那樣？傑哥死了？他氣傑嫂輕言放棄，氣傑哥不告而別，但這裡頭肯定有隱衷。前兩天有警察來家裡盤問，傑嫂囁嚅以對，事情沒那麼簡單。

不知不覺阿吉又回到百齡公寓，凝望著三樓的窗口，那盞燈總是準時的在十一點鐘熄滅。朵拉早上告訴他：「有事就到老地方找我吧。」

他知道她聽到他來了，可是她沒有下來。

老地方是他們對百齡公寓的暱稱。那原本是一棟黃色的時尚建築，但過了氣的時尚簡直像是種詛咒，想擺脫卻揮之不去。二十年後的它呈現土灰色，破損不堪且凋零的佇立在北富魚市後方。公寓裡的住客，大部分是北富魚市的商家，這幾年搬得只剩下一半住戶，空屋子多了，人氣銳減，整棟寓所似乎也陰森了起來。

阿吉曾親耳聽見張媽對阿成嫂嘟噥，「若是有錢，老早就搬了，誰願意憋在那種破地方。」而她口中的破地方，在傑哥和傑嫂的眼裡，卻是可望而不可及的寓所。想起傑哥勞苦的一生，阿吉不禁黯然心酸，不知道天為何總是虧待善良的人。

他想和朵拉聊聊，她能懂他，她會知道傑哥於他的重要性不亞於仁叔於她，他想起波哥還在時他們兩個在傑哥的攤位幫忙顧車位，他露出尖牙瘋狂咆哮，傑哥會像哥們般拍他肩膀誇讚他聰明。波哥在他到來一週後就不告而別，雖然傑哥口裡沒提，但阿吉知道他十分捨不得波哥的離開。

淚光在暗夜裡熠熠閃耀，他恨透了這般懦弱的自己，他厭倦了哭哭啼啼的問為什麼為什麼……而總是沒有答案。

他任由淚珠在寒夜裡自然風乾，他要記得這面頰上的冰冷，因為那樣的刺痛感不會再有，他打定了主意，生要見人死要見屍。

隔天晚上阿吉如同以往出現在北富魚市，雖然眉眼間仍探不出一絲悅色，但這至少足以代表他願意去正視那一個空缺。沒有傑哥的攤子像沒有蝸牛的殼，阿吉這樣想著，那賦予攤子生命力的傑哥同時也賦與他生命，他的生命正一點一滴地流失啊！然而傑哥會再回來嗎？沒有人知道，但他要這麼相信，他必須這麼相信。

「傑老大鐵板牛排」幾個大字高高聳立在魚市最右側靠近大馬路的攤位上。招牌上的油污混雜著塵土讓已破損龜裂的木板更顯斑駁，不過反倒別有一番風味。舊招牌對於小吃店來說簡直有一種說不上來的魔力。那像是在招著手對客人說：「看看那陳年老字號，進來吧，絕對錯不了。」

縮在櫃台底下的竹編凳子已蒙上一層灰，幾根竹條早脫離了鐵絲線的束縛，阿吉想起傑哥如何用透明膠帶將它們捆在一塊兒，想起休市時傑哥老愛坐在那凳子上蹺著二郎腿看報，啜一口茶喊聲傑嫂，看到什麼大新聞又喊一聲傑嫂，就像深怕她會忽然消失不見似的，可最後不告而別的卻是他。

阿吉甩了甩頭，像是要藉此甩開一週來的頹喪，也甩開那個從回憶的萬丈深淵裡拋出的鐵鉤。那曾經帶有幸福感的稀鬆片段，一不留神便連皮帶肉的勾著他。幾個失重的片刻阿吉好想就此癱躺下去，但想到傑哥至今仍生死未卜，或許正等著誰來伸出援手，就算力有未逮，他也要去搬救兵，他一定要找到傑哥，他要帶傑哥回家就像傑哥帶他回家那樣，阿吉藉由這樣的使命感苟活著。

這時間只剩下零星的攤販商在那收拾清理，也沒空搭理阿吉，他默然朝魚市的後方踱去。這一半部已荒廢了的魚市緊連著百齡公寓，產權已被開發商買去卻一直處於發展未果的階段，像個廢墟般平時人煙罕見，現下被一圈綠色鐵皮圍繞著，幾個月下來已成了大伙兒的祕密基地。

「嘿，好久不見啊，大個的。」

「呦，刀疤吉，變壯囉。」

「氣色還可以嘛，吃過了嗎？」

各式問候語朝阿吉撲面而來，阿吉僅點了個頭示意，勉強擠出的半個微笑，正好落在那曾經深刻見骨的五吋傷疤上。那是屬於巴弟時代的另一個還未復原的傷。

受不了阿吉的苦苦逼問，鐵頭囁嚅著說，「小四好像說那是一場意外。」

阿吉愣了一愣，不知道他們什麼時候開始和富華街的那個惡霸有交集，「他看到了什麼？」他問。

阿吉突如其來的嘶吼嚇到一旁的路人，有個男孩因此嚎啕大哭，但他不在意。

民雄驚愕的看著前所未見的阿吉，急忙緩頰著撇清，「那也是鐵頭道聽塗說來的，有一句沒一句的，誰知道怎麼回事。」

「那你們最後一次看到傑哥是什麼時候？」阿吉冷不防的劃破了那原本存封著禁忌的隔膜，不知從何時開始，談論傑哥成了北富魚市的禁忌，喧嘩聲瞬間降至冰點凝結在空中。如果他稍微留意，會發現民雄想逃的四肢僵硬在原地，會看見鐵頭神情凝重的朝民雄搖了搖頭，也會察覺在左後方的那一小區塊瀰漫著詭異的氣氛。然而他只看到大伙兒面面相覷的臉龐，情緒便按耐不住的爆發了。

「傑哥平時是怎麼待你們的！豬皮？華弟？……還有你……你……和你！……」

如果沉默是一種語言，那麼回答應該是：「噢，拜託，你真該聽聽賣魚丸的仁叔是怎麼說的……」或許還有零星的嘟噥：「去！……這算哪門子恩惠。我們和你可不同……」

只不過大伙兒很有默契的將這些簡單的回應轉譯為一種內容較為複雜卻更精準的語

言：沉默。

「算了！你們這一群忘恩負義的傢伙。」阿吉扔下一個惡狠狠的眼神，頭也不回的朝海岸邊走去，背後那團凝滯的氣流登時又流暢了起來。

朵拉昨晚把從仁叔那聽來的話告訴民雄，鐵頭也把從外來者那聽來的一些風聲拼拼湊湊，大伙兒將這件事徹頭徹尾的討論了一遍，「傑老大的食材很有問題啊，阿吉難道沒有發現嗎？」阿亮說。

「我早就發現了！」豬皮說，緊接著呸呸呸了幾口，胃腸翻出些毛骨悚然的噁心感。

「誰管你啊。」民雄繼續追問大家。

「不過傑老大好像沒有餵他吃那些東西。」鐵頭回想著喃喃的說。

就在後續的討論當中，孩子們發現了北富魚市比三頭鬼傳說更驚恐的事。

3

小四外號包打聽，是個遊手好閒的小混混，哪裡有吃的、有玩的就往哪裡鑽。阿吉很看不慣這些不事生產，只懂得哄拐搶騙的匪類。是啊，匪類。在阿吉眼裡，他們沒有名字。

朵拉不贊同他那般決絕的態度，而這是阿吉少數的堅持之一。他總說行為奠定了個體的價值，欲贏得別人的尊重，就該先尊重自己。而那些不尊重自己的行為、沒有價值的個體，此刻卻緊握著阿吉迫切需要的大門鑰匙。

他嘆了口氣，準備上路。

橋的另一端是個截然不同的世界，聽說那裡龍蛇混雜，小混混特別多。從前阿吉家裡管得嚴，對於那個神祕的地帶總抱有許多幻想，就連飛快的乘車經過也不忘把握機會多看幾眼。現在愛看幾眼就幾眼，倒也沒那麼稀罕了，他只希望自己別迷路，畢竟天色已晚。

從魚市出發沿著海岸往東邊走去，得經過一公里左右的荒蕪才能到達觀光碼頭區，在這一大片黑暗中的某幾個瞬間，阿吉感覺不到自己是否還是阿吉，這莫名的念頭使他驚慌，他盡己所能的狂奔，直見到燈火通明處才慢下步伐。

「站內禁止撥打手機」的標語被信用卡公司現金回饋的廣告布條蓋過。阿吉訝異晚間十點的加油站生意有增無減，聽了新聞廣播才知道，大伙兒是來拼搶油價上漲前的最後一波油。

正要離開時，有輛打著右轉燈的車猛然從加油站的入口處拐入，一連朝阿吉按了幾個喇叭，毫無減慢速度的意思。車輪從鼻子前端僅一個拳身的距離駛過，阿吉餘悸尚存，那車主還嫌罵得不過癮，搖下車窗再罵，只為了多搶一台車的位置……

阿吉的怨懟失去了支撐，突然變得毫無理據可言，也許某種程度而言，曼萍是對的。天下之大，他的不討喜在哪都適用，他垂著頭繼續往前邁進。

這間露天咖啡館阿吉以前常來，隔壁鬆餅店總是香氣四溢，遠遠就能勾起饕客們味蕾的分泌。他想起以往和朋友們嬉鬧的景況，但今晚的咖啡館卻顯得疏疏落落，也許是天候不佳的緣故，他倒因此鬆了口氣。

今年碼頭還多了一座巨型聖誕樹，就在雪花車旁。阿吉停下腳步，一個孩子玩累了，疾奔回座位處，吃了一塊餅，躺在爸爸懷裡撒嬌。

他當然也看到阿吉了，帶著不屑一顧的神情，慵懶的朝阿吉瞟了一眼。

誰又會把他放在眼裡呢……阿吉自顧自的暗想，彷彿他天生就該是眼尾的一個殘影而已。在靠近海岸景觀的位置，有他和家人曾經的共同回憶，但是現在沒有了，就像雪花車裡幾片飄落的冰霜，是有時效性的，不管多麼想要珍惜，落地後就沒有了。

騎樓店面的照明設備相互輝映，短短幾步路都讓阿吉走得非常吃力。他近幾個月來甚少涉足這個區域，這裡的光亮，早已連同那五吋傷疤的痛一同被打包進記憶的倉庫，那標示著待燒毀的區塊。

現在他對這裡只剩下格格不入的感覺。「為了傑哥……」阿吉一邊為自己打氣，一邊用最迅捷的步伐穿越這早已背離他的世界。

「喔，天啊！巴弟？真的是你嗎?!」遠遠傳來一個渾厚的喊聲，阿吉一怔，簡直忘了東南西北，只得愣愣的站在原地。

噩夢！

如影隨形的夢魘會用任何方式讓你認清它從來沒有離開，打死都不走。阿吉最害怕的事情終於發生。

「嘿，寶寶。」阿吉顯得有些手足無措。而實際上他也分不清熾熱的雙頰是來自於他此刻的尷尬處境，抑或是開口叫眼前的彪形大漢「寶寶」。

「我們都很想你，這陣子你都到哪去了？」寶寶用他那一貫過分誠懇的雙眼盯著阿吉，這反而令他暴怒，他受不了這種甜膩膩的關懷語調。

「我想到處晃一晃。」他耐住性子冷冷的說。

「可是那裡才是你的家啊。你不回家的嗎？」寶寶骨碌碌的眼眸子轉啊轉的，有一股驅動力在阿吉的手掌裡醞釀，不安分的煽惑著。他閉起眼專注的用念力抑制，「我不是小混混！我不要習慣暴力。」他沒費太大的氣力就阻絕了這股衝動，畢竟錯不在寶寶，他只是被蒙在鼓裡而已。曾幾何時，阿吉也滿懷著那股天真爛漫的傻勁，然而美夢泡泡終有幻滅的一天，什麼家？呵，他有的是家，現在所到之處都是他的家，只不過那和寶寶理解的家完全不同。

「走吧。」寶寶微哂著說。

「我還有事。」阿吉咬緊牙根，不願再和寶寶鬼扯，因為有些事寶寶一輩子也不會懂，他希望他永遠不需要懂。

「走嘛。」寶寶伸出手碰到阿吉的剎那，像觸動了某個開關，阿吉用全力拍開寶寶的手，讓他往後退了半步。同樣力道用在誰身上，絕逃脫不了手骨碎裂的命運。

「巴弟……你怎麼了……」寶寶眼眶噙著淚珠，沒有絲毫怒氣，反而充滿了疼惜。

「那裡不是我家！就這樣！」阿吉倏地轉身離去，一溜煙就隱沒在黑暗之中。這麼一攪和，阿吉的心情跌至谷底。在這之前，他還以為自己已經在谷底了。

阿吉箭也似的快奔越過幾條街道，一路上他厭惡的撥弄著頭髮，他討厭這般油膩膩又凌亂的頭髮，討厭他腳踝上髒兮兮的黑漬，討厭他臉上的刀疤，討厭他一看到寶寶就得逃跑，而不是和他暢快的聊一聊，或是玩以前他們最愛玩的摔角遊戲。

就這樣一路跑到了七彩橋，這座不算長的拱橋連接了兩個城市，圈狀的霓虹燈在夜裡以七種不同的色彩閃爍變幻。阿吉因血液衝不上腦門而暈眩不止，但這是好事，生理上的狀況多少能夠分散一些才剛發生的事。阿吉不想去回想，他想抹去一切，讓忘記都是多餘。

只可惜情緒不會說謊，他還是需要有個說法，關於這份受嫌棄的愛。傑哥傑哥傑哥……阿吉在心裡默想了幾遍，成功將另一張刻印在腦海裡的面容給取代。

這世上只有傑哥是真心待他的。也許寶寶有家，但他卻得到了這世上最罕有的「真心」。有傑哥在的地方，都是他的家。即便只有剎那，在他心裡，這感動也早已被幻化為永遠。

阿吉帶著這份溫熱踏上了七彩橋，在冰冷的十二月天裡，那樣的微溫究竟不足以抵抗酷寒。阿吉以往總嚷著要開車窗欣賞海灣的景色，然後在下橋時埋怨車速太快，路程太短。今晚頭一回獨自步行在這條橋上，卻有種怎麼也走不完的感覺。

一邊走著，阿吉的淚也不自覺撲簌簌的滑落，但他堅持那是風沙惹的禍。然而他實在沒有必要多此一舉，此刻又有誰會在意……

下了橋後，是另一片新的天地，新環境有助於重新振作，阿吉邁開步伐，看了看路標，掃視周圍的路況。

「誒，借過借過……」一名婦人拎著兩大包垃圾從阿吉身旁經過，袋裡不斷流出黃褐色汁液，重量看來不輕。她的步履紮實而迅捷，彷彿只要稍稍停頓那重量就會排山倒海的壓將下來。

她一手一丟，只聽見咚咚兩聲，袋子呈拋物線投入垃圾車裡，她拍了拍手掌，滿意的轉身回奔，啪啪啪啪……夾腳拖鞋在地上打得劈啪響，夾雜在垃圾車的轟隆聲中——瞬間滿出來的垃圾已被壓縮成半。

真是個熱鬧的城市，阿吉心想著，完全沒留意到雙腳已被廚餘湯汁淋溼了一片，酸味似正要開始發酵了。

「你看吧，叫你借過不借過。」在回程的路上，她不忘先聲奪人的指責阿吉，努著嘴，食指還在那揮啊揮的。

阿吉試圖抖落一身的汙穢，心裡卻噗嗤一聲笑了出來，是一種近於物極必反的心境，也或許是那婦人實在逗趣。她紮著一束馬尾，不修邊幅的衣衫，不近看還難以發現其實她長得也還算標緻，皮膚滑溜，應該還未滿三十。

她回到臨時搭建的廚房後又開始張羅，也不知道阿吉是運氣好還是不好，今晚剛巧碰上地方大戶孫子滿月擺流水席宴客。方圓幾尺內都瀰漫著香氣，阿吉嚥下幾口從舌底滲出的唾沫，急忙將散失了的心魂給收齊，拿出眼觀六路、耳聽八方的看家本領，積極尋找小四的下落。最後在隔壁的暗巷裡發現他的蹤影，正呲牙咧嘴的和大伙兒講笑。對於小四他可說是久仰大名了，雖沒照過面，卻是一眼就認出，他確實和大家形容的一樣，瘦而乾癟而猥瑣。

阿吉駐足在巷口，小四瞅了他一眼，心想不知是哪個不識趣的傢伙。他朝某個弟兄使了個眼色，那弟兄即刻會意前去打發。

阿吉不理睬該位弟兄的擋駕，筆直朝小四逼近，隨著阿吉不斷拉近的距離，小四也進入戒備狀態。

「嘿，小四。」阿吉試著誠懇喚出那總是以代號稱呼的名字，顯得有些彆扭。

這時有位弟兄從群裡竄出，在小四耳邊咕噥了幾句，這下小四大約摸著了頭緒，肩頸背的肌肉即刻鬆綁，繼續咀嚼口裡的半塊魚肉，「呦，北富魚市的新朋友，什麼風把你吹來了。」

「我有些事想問你。」

「哎呀哎呀……我沒聽錯吧？……我們這種沒有名字的東西，見到什麼聽到什麼也都當作沒有，唯一可取之處就是嘴巴緊。」小四用極盡調侃之能事的語調獰笑著說。阿吉很想糾正他，是匪類，不是東西，當然他沒有說出口。

「你想怎樣就說吧，你知道我需要什麼。」阿吉不想求他，讓這件事成為一筆交易也總好過和他套交情。

「我不知道我想怎樣，我也不知道你需要什麼耶。」小四衝著阿吉說，卻回頭和弟兄們相視而笑，大伙兒鬧成一團，而小四只是故作天真的來回踱步，那噁心的模樣讓餓了一晚的阿吉幾乎乾嘔出來，看來這事會耗上許久。

「我聽說你知道傑哥發生了什麼事。」阿吉直接了當的破了題，卻換來另一陣奚落。

「那老男人可不是什麼好東西，勸你省省吧，不值得。」小四嘴裡啃著雞腿骨，漫不經心的撇下這句輕浮話語，這可真是踩到了阿吉的地雷，但他腦海裡迴蕩著傑哥時常掛在嘴邊的話：「沒有人能逃得過為五斗米折腰的命運，尤其是我們這種人。」於是阿吉下定決心，再難熬也要打落牙齒和血吞，他忍。

「你別管我值不值得。要怎樣你才願意告訴我。」阿吉整個身子往小四湊近，像是在施加壓力，而口吻依舊維持低姿勢。

「瞧你認真的模樣。」小四噗嗤一聲，接著轉為一種更為邪惡、似笑非笑的神情。阿吉從哪雙深不見底的眼裡，看到他即將面臨的厄運，這讓他打從心底顫慄不止。

「別怕啊，寶貝。」小四步步向阿吉貼近，身旁的狐群狗黨紛紛往中心點併攏，圍成一個圈，以他們兩個為中心。

「你到底想要怎樣！……」

小四恐怕也聽出這是阿吉故作鎮定的最後一道防線，心想：「他徹底失勢了，今晚他是我們的了。」但他還打算再玩一下。

「我不知道你那裡有沒有我要的東西耶。」

一旁的訕笑聲此起彼落，幾隻烏鴉佇立在左上方的樑邊，連廟裡透出的黯淡光線都彷彿助長著這股陰森氣息。

黑暗中有六隻眼睛在偷窺，好戲才正要上場。

4

阿吉早已做了最壞的打算，然而他也並不後悔來到這裡。怨只怨自己不濟事，沒能報答傑哥的知遇恩情。人生一世誰逃得了死，他不怕死，但至少要死得有價值，現在絕不是退縮的時刻，他得搞清楚一件事。

他攤開掌心，將全副精神都灌注在這掌中央，迅即收攏。一股前所未有的力量流竄著，是活的，像一條扭動的蛇，時而快時而慢，然而那傷害力是驚人的，他知道，他當然知道，因為他們是一體的。

待阿吉要上前向小四撲去時，事情急轉直下，從小四扭曲的臉龐中可一目瞭然。

「是大刀他們！……」有位弟兄朝巷內大喊。

小四欲往巷外逃竄，已然太遲。黑暗中的六隻眼睛變成十二隻，然後整整有二十多個壯碩身軀團團包圍小四的人馬，小圈圈呈現扇狀散開。

「這地盤坤哥是要定了！」大刀怒吼著，看來今天是有備而來。

身為局外人的阿吉站在暴風眼中央，不知該進或退。小四急忙往阿吉身後閃避，這讓阿吉莫名的形成站出來的勢態。

「這不干你的事，你最好別插手，讓開！」大刀轉而向阿吉叫囂。他並不是不願一併將阿吉解決，只是他從不打沒把握的仗，在阿吉身上，他感到一股深不見底的爆發力，這讓大刀內心惴惴不安。今晚，他只想辦妥坤哥交代的事，不想節外生枝。

「你不是很想知道傑哥的事？」小四在阿吉耳邊喃喃低語，視線沒離開過將他們重重包圍的一堵肉牆。這句話喚醒了無所適從的阿吉，他知道機會來了，問題只剩下他是否能夠把握住。

大刀那方的一個小弟像脫了韁的野馬朝阿吉撲來，大刀心一驚，小四暗喜，塵埃落定了。阿吉一掌就將那位小弟給擊至老遠的角落處，久久不見他活動，恐怕是凶多吉少。

「還有誰，來啊！一起來啊！……」阿吉簡直像殺紅了眼，發狂似的咆哮，不針對任何特定目標，他只想發洩心中積壓已久的怒氣。

另一位小弟半推半就的被擠出了隊伍，像聚光燈驟然打在身上，卻光溜溜的毫無遮掩般，他怔著左顧右盼，被阿吉一吼，跌了一跤，爬起身後就拚命往回跑，其他弟兄看著也跟著膽寒。

此舉惹怒了大刀，急急將他就地處決。有鑒於此，弟兄們再也不敢恣意奔逃，一個個拚了老命似的衝上前去。

「還不快都給我上！」大刀將身子讓開，小四這才看清，原來對方的人數足足比他們多了三倍。情況十分不樂觀，然而他看著阿吉在前方獨自對敵的勇態，自己也決定衝上前助戰。

混戰中，只聽見阿吉的聲聲嘶吼，有種先聲奪人的氣勢，小四對他可說是另眼相看，將這戰略牢牢的記在心裡，並仿照的試吼了幾聲，不過卻音軟力疲，在尾部還開了岔。

其實阿吉又哪裡懂得什麼戰略，他從未打過架，從未發怒，老莫該次事件可算是僅此一回。爸爸常說不能以大欺小，他力量大個頭大，卻總是躲著讓著。那次被泡泡嚇得重心不穩，還深怕壓著他，便以側翻姿勢落地，結果自己摔到手骨折。爸爸心疼之餘，眼裡盡是驕傲。泡泡的媽媽將泡泡罵了一頓，對阿吉則不迭的誇讚，還將此事傳遍了鄰里。

而後來……到底是哪裡出了錯？……太多事發生在那一陣子，記憶早已被擠壓變形，阿吉只記得曼萍說過的話，他本來不信，但現在也不由得他不信了。

汗水血水夾雜著淚，模糊了阿吉的雙眼，又一個對手倒下，暴力這織網的惡魔，終究逮著阿吉，他不再閃躲了。他召喚記憶倉庫裡最不堪入目的一幕幕醜惡畫面，任由憤恨滲透每個細胞，將那已發現和未發掘的原始潛能都發揮得淋漓盡致。

奠定價值……奠定價值……他腦裡不斷重複著這句話。那一股蓄勢待發的力量，像早已為這一刻做好了準備。他要奠定自己的價值，他再也不對任何人搖尾乞憐，他要人們怕他，放在眼裡面熊熊懼怕著。

為了傑哥……廝鬥中他不忘提醒自己。

大刀終究率眾落荒而逃，而幾乎同一時間，阿吉也因力竭不支倒地。

「放心……我會……我會把知道的都告訴你……我們得先離開這裡。」小四因奮力抵抗而喘息不止。這次的險勝歸功於破釜沉舟的心境，絕地逢生之後，惺惺相惜的革命情感在以寡敵眾的小團體間發酵著。

「阿吉以後是我們的兄弟，誰招惹他就是和我過不去！」

在場的弟兄無一不歡呼，小四一拐一跛的走來搭著阿吉的臂膀，他沒有躲開，但有一股極深的罪惡感隱隱刺著他心頭的某處，那罪惡的根源來自一個會心的笑容。他好久沒這麼笑了，自從傑哥死後，或在更早之前，他和寶寶分道揚鑣時。

阿吉靠著意志力撐完這短短不到三百公尺的路程。劇烈疼痛幾乎落在他全身的每一處，唯獨左方胸腔裡的隱密區塊。他放膽的去感受，刺痛感依然存在，卻不再造成困擾，這表示他康復了嗎？……阿吉簡直不敢想像，他最痛恨的行為居然治癒了那個不治之症。

這世界開始旋轉、顛倒、放大又縮小，再也沒有一個固定的形狀和樣貌可形容，唯一能確定的事就是不確定。他暈了過去。

隔天一早醒來時，他發現自己躺在某一工程旁臨時搭建的小屋裡，小四苦笑著臥倒在牛皮紙箱上，傷勢看來也不輕。

「醒啦？」小四竭力撐起那對餳澀小眼，一臉和善。

「聽說你知道傑哥怎麼了？他在哪？」阿吉躺在那，眼睛半睜著便急切發問。

小四斜睨了阿吉一眼，臉色瞬間一沉，「三頭鬼的事你聽說過吧？我從小聽莫叔講了幾次，沒想到……」他又倒抽了一口氣，左顧右盼，「我們懷疑傑老大就是三頭鬼。」

「不可能！」阿吉怒斥，希望能聽到更多有關的證詞，但同時又害怕聽到。

「不可能就算囉……」小四一副事不關己的模樣，也沒有要再辯論的意思。

「但他在哪？」

「我怎麼知道。」

「你剛才為什麼那麼說？」

「我怎麼知道，那些是肥豹講的，要不你自己問他吧。」

小四話鋒一轉，帶著些讚嘆的語氣，回味著阿吉那幾套武打招式。「你昨晚可真勇猛。一個打三個，不不，起碼有四、五個，誒，說不定有十個……」

小四的話七顛八倒，阿吉完全理不出個頭緒，肥豹又是哪位？小四胡言亂語慣了，十句最多也只能撿個五句聽聽就罷，簡直是白搭。阿吉心想起身後便要告辭，畢竟昨晚的事是意外，可一而不可再。即使小四不如想像中那般討厭，他們也絕對稱不上朋友。他得去找傑哥，在小四身上他發現了一股使人墮落的邪氣，他們始終是不同世界的人，他再一次提醒自己。

「哪學的啊？」小四對著空氣拆了幾招之後又問。

「我沒學過。」阿吉不經思索的應了答才開始懊悔，這一問一答間又得和他們牽扯不清。

「啊，所以是無師自通囉……哈哈，厲害，果然是個奇才，我昨晚一看到你就發覺不是個簡單人物……」一旁有個弟兄抿著嘴暗笑，小四昨晚的話分明不是這般。

「怎麼？我不能暗自發現是不是？什麼事都要第一時間和你報備是不是，是不是……什麼層級啊你……」小四湊過身去作勢要踹他，那弟兄哇一聲逃得遠遠的。

「哼，討打。」

阿吉凝視著他們盡情的嬉笑打鬧，有股熱流在胸腔裡迴旋漂浮，他想起去年的聖誕節，爸爸把他的禮物藏在後車廂，害他盯著聖誕樹下空蕩蕩的一塊失望了整晚。曼萍還加碼作弄他，「哎呀，就知道我們忘了買誰的禮物。真不好意思耶……」

爸爸附和著說：「怎麼這麼健忘，不過也只好等明年囉。」

阿吉哀怨的在心裡默然接受了這一個噩訊。最後湘如噗的一聲笑出來，「堂哥，你們饒了他吧。吶，這份我的先給你。」那晚，阿吉足足收了五份禮物，連在睡夢中也帶著笑。

小四和弟兄們還繞著圈打鬧，阿吉提起一口氣，毅然決然的說：「我得走了。」

「走？走去哪啊，那裡有些吃的，先吃吧。」小四努著嘴，指向一堆擺在報紙上的雜糧。

阿吉渾身癱軟無力，才支起半個身子又即刻倒下，他才想起自己已經一天一夜未進食了。

「吃吧，怕我毒你不成？不然我們交換，你吃我這塊。」小四啃著雞腿，滿嘴油膩的說。

某位弟兄朝阿吉猛眨眼又搖頭。小四眼見奸計被揭穿，一個飛踢過去卻撲了空，悻悻怒罵：「你這死小子，沒學會打架就學人家出賣老大……看我不剝了你的皮。」

原來小四口裡的腿骨早被啃得精華殆盡，阿吉微露出笑意，決定不再和自己的肚皮作對，不經咀嚼的將食物囫圇吞落肚。

「你真這麼在意他？」小四俯臥在鋪著軟墊的一角，轉身時拉扯到瘀傷的肌腱，露出痛苦的表情。

「傑哥？……當然！他是我最敬重的人，是唯一對我真心的人。」言念及此，阿吉心中肅然起敬，眼眶裡似泛著點點淚光，過往的一切又如排山倒海般湧來。

「真心？……你該不會到了現在還信那個吧。」小四忍俊不禁的一笑雖然有些冒犯，而此刻阿吉竟也不以為忤，只是堅決的點了點頭。

靜默了片刻，小四接著說：「那以後傑哥也是我敬重的人，誰叫你是我兄弟。呵呵，是吧，兄弟。」

阿吉竭力繃緊面頰上的肌肉，仍不敵小四施展的魔力，嘴一咧，竟自顧自的笑開了。他隨即定心思忖，越發感到侷促不安，即便身體仍疼痛難耐，還是硬撐著起身。

「我得走了。」他重申了一次。這次不等小四回應，已疾步往外走去。

「好，再會。」小四淡然瞥了他一眼，毫無挽留的意思，這卻是在阿吉意料之外，他躊躇了片刻，想著該說什麼道別的話才不枉這相識一場。不過也罷，人生有許多聚合本也是來去無由，沒什麼永恆，更毫無定律可言。

他加快腳步往門外踱去，小四這才恍然醒悟朝他吼去，「喂，兄弟，有事記得來找我啊！我不怕麻煩的，誰跟你過不去，就是跟我過不去，這話是沒有時效性的，聽到了嗎！」

阿吉頭也不回的奪門而出，臉上竟兩條水柱嘩啦啦流下。這該死的小四，什麼不好扯，竟敢拿這種事開玩笑。

他一路往回走，淚也跟著一路的流，就像昨晚來時那般，但心境卻已截然不同，有種不捨在醞釀著，一段橋將兩個城市清楚的劃開，他的心卻擱淺在橋上，不知該流向哪方。

待要下橋時，他抹了抹臉，一陣風撲來，他又聞到那股藥水味，誠惶誠恐的向橋底急奔而去，一邊還嗅探著。他跑出了一身的汗，那味道卻還跟著，而且更見濃郁，就像是從他身上散發出來那般。

他朝味道出處聞去，愕然發現就在自己手肘胳臂間。是怎麼沾上的？哪裡沾上的？是大刀！他仔細回想著每一個細節……拍在阿吉肩膀上的手很實在，力道挾著勁風朝阿吉迎面直撲，在一次次振臂間癱瘓了阿吉的嗅覺系統，震撼力之大，只是阿吉實在憶不起，像某個機制封鎖了這段記憶。

在那刀深見骨的一剎那過後，他昏迷了多久？……睡睡醒醒中嘴裡鼻裡都是這股藥水味，那一次猛然驚醒闖了出去，窩在傑哥的貨車裡隱約聽到傑哥為了自己而惹了一些麻煩，難道因此遭到挾怨報復？想到自己連累了傑哥，阿吉有股錐心蝕骨之痛，他的存在確實是個負累，或許曼萍的擔憂不是沒有道理。

不不……他不會傷害小布丁的，在他能掌控的範圍內甚至不會讓任何東西傷害到小布丁，阿吉想起子軒和曼萍常為這事吵得不可開交，子軒再三的替他做擔保，他也竭力表現自己對這個家的忠誠，呵……他冷笑了一聲，可最後呢？潘子軒說的每句話言猶在耳，他們這些自私的人，沒有一個是好人，除了傑哥，他必須找到這世上唯一的好人。

5

阿吉掙扎著是否該回去北富魚市，或許他不該回來，其實回來這個字眼本身就毫無理據可言，傑哥已不在那了，小四口裡也問不出什麼，線索到這就斷了，今後該當何去何從……

他朝灰濛濛的天際望去，連至一片熟悉的街，時空彷彿被切割後重組，他已認不出自己是誰，彷彿昨晚那個他從未見過的自己才是自己，一切都模糊了。

「阿吉！謝天謝地，你終於回來了，大家都很關心你。這兩天都上哪去了？啊呀，怎麼弄受傷了？請仁叔幫你包紮好嗎？」朵拉連珠砲般的關懷讓阿吉感到十分欣慰，再加上連日來的種種，突然間愛從這片天空大量灑落，像是老天又記起了阿吉，決心不再虧待他。

阿吉一邊緩緩往魚市踱去，一邊欣賞朵拉的波浪秀髮呈現出的不規則曲線。

「不用了，我沒事。」他內心掙扎著又補上了一句，「我去了一趟富華街。」

「富華街！你去那種地方做什麼？」朵拉蹙起眉，阿吉連忙解釋：「唔……我去找小四，鐵頭說他知道傑哥發生了什麼事。」

朵拉僅是聽到小四這個名字從阿吉齒縫間迸出，就令她咋舌不已。阿吉朝愣了神的朵拉匆匆瞥了一眼說：「之前呢……我……呃……」他頓了頓，轉過身背對朵拉，「也許……小四他們也沒那麼十惡不赦。」

「喔……當然。我覺得你能這麼想很好。」朵拉急忙給予一個善意的回應，而真正想要說的話卻暫時擱在心裡，評估著利害關係。她緊接著試探性的一問，「那有什麼收穫嗎？」

「小四他們那些傢伙瘋瘋癲癲的，也不知道哪句真哪句假……」說到這裡，阿吉不覺莞爾，朝著朵拉問：「你聽過三頭鬼的事嗎？」不待朵拉的回應，他又轉頭向遠方望去，「總之我是不相信。」空洞的眼神不落在任何一處。

朵拉心裡惴惴掛念的卻是另一件事，真希望自己沒有從仁叔口中聽到傑哥的那些魔鬼行徑。阿吉承受得起第二次打擊嗎？然而誰都有知的權利，是不是？這燙手山芋在朵拉心裡火燙翻滾著，他倆肩併肩往涼亭走去，驟然發現有個熟悉的身影步入眼簾。

迎面而來的是阿吉最不想看見的人。一直以來他不走這條小徑就是怕遇見這討厭的人。他才剛到這沒多久見過這女孩幾次，那女孩總是三步併一步的從阿吉身邊疾走如風的經過，路徑呈現彎曲的大弧形，就是要盡可能與阿吉保持最遠的距離。他討厭她那副鄙夷的眼神，就像他只是街邊的垃圾，還流出腐臭的湯汁，深怕碰著了噁心。

「又是她！」阿吉怒視著眼前的一幕，而這次，他可不打算退讓。

那女孩正和同行的友人說笑，壓根沒發現阿吉，短兵相接的一瞬，阿吉從暗處冒出，近距離對她嘶吼一聲，追出幾步，擺出欲襲擊的勢態。

她嚇得花容失色，慌亂逃跑中不忘按壓隨風揚起的碎花裙襬，更增添了幾分踉蹌。

「最討厭這種自以為是的人。滾吧……滾啊！」阿吉笑了幾聲，不但毫無愧疚還滿是得意。

朵拉呆若木雞，這逞凶鬥狠的行徑讓她想起小四那幫人。

「你以前常說行為奠定了價值，而現在這些行為呢？……」朵拉的一句話正好刺在阿吉的掙扎處，一口氣憋在胸口頂著心肺，他似乎無法自圓其說，然而那也不過是個說詞上的缺失。他知道自己是對的。

「什麼行為？講話大聲點又礙到誰了？這種人我罵她幾句都不算過分！你有看到她那什麼態度嗎？別說你一點感覺都沒有。」

「你以前不會這樣的。」朵拉哀淒的說。

「我以前……呵……我以前是什麼樣，你會知道？」阿吉心中翻起的往事不斷的吞蝕著昨晚那股洶湧澎湃的力量，想到寶寶口中的那個家，他活像個受傷的雀兒，塞在拳頭大的鳥巢裡，仰賴著誰來賞條蟲吃，他拒絕再過那種乞討般的生活了！現在是他不要那個家！呵！他們真應該看看昨晚的他有多威猛。

「夠了！你怎麼去了一趟就變了個樣，你可不可以別再去找小四他們了。」

「我不是說過了嗎？我是為了去找傑哥。」

「為什麼一定要找傑哥？」

「他是我的救命恩人。」

「可是你有想過假使他不是呢？」朵拉的話匣子似乎也被這一來一往給撬開了。

「什麼叫作他不是？是他把我救了回來，是他給我個家，我現在有的一切包括名字都是他給的。你現在要告訴我這些事情都不是真的嗎？」

「我不是這個意思……」

「那請問你是什麼意思！」阿吉那陰森充滿嘲弄的語調惹毛了朵拉，兩人之間像砌了一道冰牆，冰冷的水還不斷往牆上潑灑。

「假使他不是一個好人呢？」

「那誰才是？」阿吉想到子軒，人們眼中的大好人，好爸爸好老公好老闆，可是連一個基本的承諾都守不住。然而傑哥正好相反，大家都認為他不是好人，只因為他穿不起名牌衣，開不起名牌車，或因為他講話粗魯了一些嗎？最後對阿吉不離不棄的是誰？是他。

他們拉開些距離，各自望向他方。

朵拉嘆了一口氣，仍試圖耐著性子說：「阿吉……我知道你在來到這兒之前遇到一些不好的事，但你不要因為之前的經歷輕易的改變自己。你一直很好，你以前那樣就很好。」

「你是誰，憑什麼說我好不好？」阿吉耐不住一把火從胸口灼灼燒出，「你話可別說得太早，搞不好仁叔也是個靠不住的傢伙，他們這些人，全都半斤八兩！你就等著看吧……」阿吉一連拉高了幾個分貝，自己也嚇了一跳。

「你敢再講！」朵拉怒目喝斥。

阿吉從沒見過朵拉氣得顫抖的模樣，他怔了一怔，心頭湧起朵拉以往對他的諸般關懷，頓時懊惱不已，「對不起，我不是那個意思，我當然希望大家都過得好……唉……我……」

朵拉想到昨晚仁叔講的那些話，憐惜之感油然而生，再也顧不得那麼多，決定對阿吉和盤托出。阿吉亦釋出了加倍的善意洗耳恭聽，而這緩和的氣氛僅維持了短短幾秒。

「你有沒有想過，也許傑哥不是你想像中那種人，畢竟你們才相處短短一段時間，鐵板上那些食材……」朵拉實在難以啟口，才耽擱幾秒鐘，阿吉似乎聽出端倪，將話截在半路喝斥：「你到底有完沒完啊？現在又開始用時間衡量感情了嗎？你的仁叔呢？他以前又有多喜歡你，你能怎樣擔保他是個好人？」

「算了算了……」朵拉連吵架的氣力也提不上來。他們倆在這靜默中，各自擁抱著心頭那一片烏雲。

過了許久，一台單車的鈴鐺聲劃破夜裡的寧靜。朵拉頭也不回的隨著那單車行駛的反方向踱去。阿吉看著她踽踽獨行的背影，心裡是懊悔的，卻很快又被一股不被理解的憤懣給淹沒。

那一晚，阿吉沒闔過眼，在橋邊想著朵拉的話，想起像是他的全部，卻也許什麼也不是的傑哥。朵拉不停的強調值不值得，可是他的人生她能背負多少？她又能體會多少他的感受，她竟然跟他提以往，他就是討厭自己以往的懦弱不堪。

他要改變！「以後誰欺負我，我就要他好看！誰欺負傑哥，我就要他的命！」

他和傑哥相識短短一個月，也不敢說自己真能瞭解他，然而他確信，傑哥再差勁也總勝過那個潘子軒。阿吉不知從何時開始直喚他名號，就像他只是個陌生人，一個萍水相逢的過客，還稱不上好聚好散的那種。

傑哥旋風式的降臨在他的生命，雖然時間並不長，那卻是阿吉最脆弱極需要陪伴的日子。傑哥給了他這個名字，阿吉，是他賦予了這個名字意義，賦予阿吉整個生命新的意義。

雞啼了，天亮了，第一道曙光從橋柱間穿照而出，在海面折射出粼粼波光，閃耀得讓人無法逼視。阿吉覷著雙眼，視線始終沒有轉移。

啊……多麼光輝耀眼……

他隨即輕藐的哼了一聲，「沒有了這片海，它什麼也不是。」就在那同一個時間，阿吉做了個決定。

他知道關於傑哥的線索，無論如何是不可能出現在魚市這一群歡樂的孩子之中。

為了傑哥……他對自己說。

6

阿吉氣喘吁吁回到前晚棲身的工地，對於眼前的畫面簡直是嘆為觀止。

小四一聲令下，弟兄們自動讓開一條走道，嘴裡紛紛喊著：「四哥……四哥來了……」

他們包圍著那個叫作貓眼石的傢伙，嘴裡怨天喊地訴說在大刀那吃了多少苦頭。

「各位大哥，你們看我這手無縛雞之力的樣子，能造成什麼威脅，大家輕鬆點，輕鬆點啊……」

「廢話少說！講些我們想聽的。」小四說。

「我和大刀真的不熟，我已經不在那個地方好久了。」貓眼石極力的想與大刀撇開關係，顯然還未看清自己的價值正建立在這層關係之上。

「耍我啊！那天才看到你們一起。」小四走近踹了他一腳，並沒用足力。

阿吉再也忍不住湊上前緊接著補上，「傑哥這人你看過嗎？北富魚市的傑老大。」

貓眼石神色閃爍支吾了起來，「是有聽弟兄們提過這人……不過那件事和我無關。」

「還有呢？」小四再追問，貓眼石只是頻討可憐的說：「哎呀，饒了我吧，我這種小人物能知道什麼呀，你們不是沒看見大刀那天怎麼對我的，那地方我還能待得下去嘛。」貓眼石便是前晚被擠出隊伍不戰而逃的弟兄，那次裝死逃過一劫，聽說現正被大刀緊密追緝，被逮著後的命運不堪設想。

「誰有興趣知道你怎麼被欺壓，少給我在那扯東扯西的，快說！你還知道什麼！」

小四顯得有些不耐，捲起拳頭便惡狠狠的擊過去，一陣拳風在貓眼石耳邊呼嘯而過，他雙眼緊閉，臉已嚇得扭曲成一團。「你再跟我耍花樣看看，下一次這一拳就在你臉上。」

阿吉眼見貓眼石知而不言，只差臨門一腳，急了上來便也走近將拳頭捲起，「我看你是不見棺材不掉淚。」

阿吉居高臨下的灼目逼視，讓貓眼石頓時備感壓力。小四嘴角含笑心想：「好小子……果然是潛力無限，以後兩兄弟一起闖，還怕這不是我們的天下。」

在大伙兒都還未及回過神來，阿吉一拳已然豪揮而出，那貓眼石也不知從哪迸出的血水飛濺滿地，三顆牙哐啷啷應聲而落。

兄弟間一陣嘩然。小四眼看著這幕，心裡越發對阿吉感到敬賞不已。

「我說我說，別打了……」貓眼石雖已口齒不清，仍忙不迭防阻下一個無預期的拳眼到來。「有，有看過那個人。」

「什麼時候？」小四喝斥著往他臉上湊去。「說清楚！」

「老大，我只是聽說，怎麼會知道得那麼清楚……」貓眼石瞥了阿吉一眼，阿吉怒氣未消，一呼一吸間都像是種脅迫，他急忙又補上，「啊呀，我記得了，聽說那天打著大雷雨。」心想眼前不如實招來，只怕也留不住這條小命。不過，看樣子阿吉是沒認出自己……

那天大刀他們幾個對付傑哥，雖然自己也略盡了些綿力，但畢竟他的三腳貓功夫也不至於造成重創。他不是主謀，而現今和阿吉他們有著共同的敵人，這筆帳怎麼算也算不到自己身上才是。因此他決定知無不言，言無不盡的道出一切。

7

「竟然被他溜掉了！」小四還忿忿不平剛才的事。

「都是我不好……」阿吉聽到那些關於傑哥的事，一顆心揪著疼。貓眼石就是趁著阿吉恍神的那一刻鑽進樹叢裡溜之大吉，看阿吉對大刀恨之入骨的模樣，前仇彷似已報去大半。

「別想了，說不定沒那麼嚴重，那傢伙出了名的不老實。」小四欲安慰阿吉卻不得其所，他沿路都在掛心傑哥的安危，迷迷糊糊的隨著小四一行人來到了百漢山總部。那是個位於半山腰的隱密廢墟，一條溪水橫跨著崇陽隧道潺潺流下，山林荒野間盡是燒烤野食後的殘餘，食材可謂取之不盡，用之不竭。

阿吉飲了一口溪水，掃視總部的周圍環境，由至高點望下去頗有居高臨下的威凜之感。他直挺挺的站在石上，任由朔風在臉上狂吹猛擊，心裡有股澎湃的熱潮在催逼著。兄弟們嬉鬧笑罵，言行之間似乎也沒當他是個外來者。

「有種和阿吉鬥一場，怎麼樣？」

「再吵叫阿吉打得你滿地找牙。」

阿吉莫名的成了弟兄們之間威脅對方的一個重要角色，至於臉上的刀疤更是無可避免的被拿來作梗，阿吉卻不以為忤，反而有種備受讚揚之感。正所謂天無絕人之路，天地如此遼闊，總有個地方是屬於他的。

他望向東邊某一棟住宅，悠然一笑，笑自己從前真傻，守著那麼一塊米粒大的地方，成天擔心這、擔心那的，日日夜夜的討好，卻無時無刻的挨罵，那段日子活得真是窩囊，忘卻了也罷……

「兄弟，你笑什麼？」小四縱身從阿吉後方冒出，只見著阿吉半個揚起的嘴角，又哪裡知道他內心醞釀的酸甜苦辣正隱隱刺痛著。所幸那滋味點滴的流失，新的感受紛至沓來，逐次填滿內心的破損。今後他不再對誰搖尾乞憐，他決意要改寫自己的故事，創造新的歷史。眼前就是一個好的開始。

「我不會讓自己白白吃苦的。」阿吉咬緊牙根，綻出更燦爛的微笑。

小四噗嗤一笑，「以後和兄弟們一塊兒吃香喝辣都來不及了，哪還有時間吃苦。」

阿吉朝山下極目望去，瞭望無垠的一格格水泥色方塊，有如蟒蛇的鱗片，連綿至天邊。他眉頭驟然一蹙，傑哥就在這一片繁華之中，可要找出正確的位置又談何容易。

在他倆背後的一片嚷鬧聲漸漸收淨，兄弟們齊喊了一聲，「可爺！」

一位豪氣萬千的年長者信步走出，小四急忙搶上前替可爺介紹新朋友。可爺並不直視阿吉，轉而向柳樹蔭下一位北富魚市來的朋友熱絡招呼，「小老弟，好久不見啊。」

一堆兄弟簇擁而上，阿吉在弟兄們搭成的一堵肉牆之外，焦急的來回踱步，不時朝間隙縫處巴望。他內心忽地忐忑起來，對於可爺的反應竟不覺中起了極大的得失心，當初那一貫不屑的姿態早已不復見，而今能夠加入這個大家庭才是莫大的榮幸，才是他拾獲美好未來拼圖的第一步，無可缺失的一步。

北富魚市的朋友……他見過嗎？……北富魚市的一切他也還算熟。與那朋友套個交情不知能否貼近與可爺間的關係？……對於又落於必須討好和奉承的境況，阿吉既無奈又不以為然，然而要把事情做對，多難受也得隱忍下來，這就是暫時的必需。

阿吉從鬆脫的肉牆中探出半個頭，可爺回頭瞟望了一眼，欲要打發他走時，見到阿吉臉上的刀疤，心下立即產生慼慼之情。

「又是那些人的傑作?!」可爺近似責備的口吻令阿吉不知做何回應，小四忙搶上一步說：「他叫阿吉，很能打。」

「喔？……」可爺渾厚低沉的聲線裡沒有夾帶一絲高低起伏，阿吉無法得知那究竟是種讚賞或是質疑。而眼前的排場，包括可爺渾然天成的霸氣，都讓阿吉感到戒懼，然而他沒忘了來這裡的初衷。

「能打又怎麼？我們這兒多的是能打的，是不是啊?!」可爺將頭撇開，弟兄們即吆喝了起來。

小四眼看差了些火候，便進一步勸說：「阿吉那晚鬥大刀看得我們多過癮啊，他們幾十個兄弟一起上都不是對手。」

「喔？」可爺止住了腳步。

小四朝阿吉使了個眼色，阿吉連忙逮住這機會，「貓眼石聽說傑哥和大刀起了激烈的爭執。倘若傑哥的失蹤真的與他們有關，我絕不放過他們！……」阿吉話說得保守，只是想看可爺如何表態。至於貓眼石描述的種種，那些大刀如何的重擊傑哥，血漬沾滿了領口起了毛邊的泛黃背心，傑哥低聲下氣的求饒，但他們卻沒有收手的打算……這些讓阿吉痛入心脾的畫面，他無法啟口。

「大刀那為虎作倀的小雜種！遲早要收拾他，但現在還不是時候。」可爺威震通天的一吼，一旁的兄弟無一不繃緊神經。人說敵人的敵人，就是朋友，沒有比這句話更能貼近阿吉此刻的心聲。

「你就先跟著小四看管富華街那一帶吧。我們需要擴大勢力範圍，等時機成熟，就算你肯就此作罷，我也不會放過他！」

不消與可爺再次確認，阿吉內心點頭如搗蒜。飽滿激昂的情緒不停的在體內擴張，無法從眼耳鼻口竄出，於是漲紅了他的面頰，催逼著腎上腺素的極限。

只見他臉越來越紅，頭越來越低，呈現極不自在的神態，以小四為盾牌似的躲著什麼。

一個熟悉的聲音從可爺後方喚道，「老哥，我得先走囉。」原來北富魚市的朋友不是別人，正是阿吉曾得罪過的老莫。

可爺湊近身子向他道別。小四也撒嬌般的往前挨著莫叔，要他有空常來。阿吉頓時失去了遮掩，身子完全暴露在外。

老莫突然咦的一聲，停下步子。

「怎麼了，老弟？」可爺隨著老莫眼光流向之處一看，這時阿吉已混在兄弟群裡，然而他人高馬大，在群裡凸出半個頭，又哪裡遮掩得住。

「我上週被某個惡徒打了一頓。」老莫已經盯上阿吉，寸步走近時再說：「這惡徒凶狠得哩，還威脅要見我一次，打我一次！」

「蛤！有這種事？誰這麼大膽敢欺負我老弟！是我們的人嗎？」可爺頗為此事盛怒，憤懣的掃視每一個可疑犯，「你把他給我揪出來！」

阿吉藏身其中不知如何是好。眼看老莫就要走到眼前，他決定負荊請罪，道歉挨揍悉聽尊便，他都忍！只盼能獲得原諒。然而老莫會肯嗎？……那次阿吉固然沒在拳上用足十分力，然而老莫鮮血噴發的畫面仍歷歷在目，他那小鼻子小眼睛的傢伙，不趁這時挾怨報復更待何時。

小四抱著看好戲的心態觀賞這一幕，還企圖炮製氣氛的高潮迭起，跟著大伙兒又是緊張，又是憤恨的謾罵嬉笑，遠遠沒有料想到即將受難的是他新識的好哥兒們。

「可爺，我……」阿吉才從群中探出個頭，老莫搶先一步到他跟前，夾在他與可爺之間。

「哼，我看看！……」他猛然朝阿吉湊上眼臉，不懷好意的勾起嘴角，小四這時才略感到不妥。

老莫一個凶猛轉身，特意把阿吉撞個踉蹌，「哦呦，竟然不是！長得還真像……」

他走近可爺身邊時還喃喃的說。

可爺鬆了口氣，那惡徒終究不是自己門下的兄弟，「沒事就好，沒事就好。老弟你若找到了那惡徒，我親自幫你收拾他。」

老莫回頭瞪阿吉一眼，那眼光裡似有了得意，「老哥，我看算了，那惡徒其實也被我打得鼻青臉腫，我看那一頓也夠他受的。本來我還不肯饒他，看在他不停哭著向我求饒的份上，只好作罷，老莫努著鼻頭指向狼狽的仆跌在地的阿吉，「吶，大約就那個模樣。」

「是嗎，老弟！什麼時候露兩手給我們瞧瞧。」可爺這句話倒是出自真心，他多希望老莫能拾回從前的拚勁，兩兄弟再像從前那樣一起闖蕩。

「莫叔是真人不露相。」

老莫沒有接下小四的話，這件事就在大伙兒的嬉笑聲中略過。可爺脾性老莫比誰都清楚，賞罰分明，絕不是阿吉求饒或認錯就能夠赦免的。他並不意在幫阿吉，又或許幫他也是幫自己，他看出了阿吉的無限潛力，鼻青臉腫的小插曲比起那筆深仇又算得上什麼。

阿吉如釋重負，身子癱軟下來，有種起死回生的喜悅。如果他有一雙翅膀，他肯定會飛起來，但不會飛得太遠，因為他愛他們，愛死他們了。這裡是他的新家，可爺、小

四、甚至老莫和眾弟兄們，有如冬天的朝陽，融化了他心中冰封已久的尖銳，那一塊不停刺傷他自己的錐角，此刻已不復存在。他將暢游在這片汪洋中，開始寫下屬於自己的故事。

8

這一天，阿吉在附近巷口巡視時，看到一個身著丹寧布吊帶褲的小男生，剛和媽媽從幼稚園蹽出。

「好好走，小心看路。」媽媽不迭的叮嚀不是毫無道理，富華街被這附近街坊鄰居謔稱惡狗巷，短短幾步路走來卻備極艱辛，若不是眼見天還亮著，又急著趕回娘家一趟，她是絕不肯鋌而走險走這一趟捷徑。

小男孩只顧拿著新買的模型玩具，嘴裡喃喃的忙著配樂，「嘟嘟，戚嗆戚嗆。」一人分飾幾角，忙得不亦樂乎。

阿吉在黑暗中，看得一清二楚，他嘴角露出不懷好意的笑，兄弟們知道好戲即將上場。

阿吉一個箭步衝上前去，男孩嚇得把模型拋扔出去，媽媽一把抓起孩子，書包也不要了直往巷外奔逃，一邊還拿著雨傘胡亂揮舞。

兄弟們十分意外阿吉竟放棄了追趕，他過分專注於眼前一輛飛掠而過的寶藍色休旅車，轉眼間，媽媽和男孩已驚慌失色的在巷尾處拐彎消失了。

「吉哥？……」

「唔……」阿吉鎮定的神情底下滾滾翻騰著一些揮之不去的舊片段。他把滿腔的憤懣全洩在眼前這該死的模型上頭。一陣狂撕亂咬後，那模型頓時已成為一堆落漆的塑片。他曾看過這些東西如何從零碎的小組件拼製而成，那得耗費多少繁複的工序和無可計數的心力，然而摧毀卻只在這剎那之間……

摧毀是件多麼容易的事，對阿吉而言更是得心應手，小四萬萬也沒想到阿吉比他有潛力得多，那渾然天成的惡煞模樣，有時連小四看了也會怕，當初千方百計拉攏阿吉進來，現在倒像是拿磚頭砸自己的腳。

阿吉的英勇事蹟傳遍了整個區域，頂著黃金打手的稱號，所到之處無一不投之懼怕的眼神或崇拜的掌聲，就連曾經最令他厭惡的傷疤都成了專屬的正字標記。

「哇嗚，那超酷的！」眼前的新成員踰越本分的朝阿吉大吼，直指出他最為在意的缺陷。兄弟們無一不豎起寒毛，捏著把冷汗。

阿吉噗笑一聲，化解了凝結的氣流，「相信我，你絕不會想要這麼的……酷。」一個迅捷轉身，他信步巡視才為可爺攻佔下的新地盤，想起腦後那一張張驚愕無言的嘴臉，不禁莞爾一笑。

「我真的這麼可怕嗎？」他轉向某個弟兄問。

該弟兄抬眼瞟視著他，渾身顫抖的模樣實在矯揉可憎，阿吉卻笑得更大聲了。他實在沒料到肥豹那傢伙這麼不濟事，湊巧那日在氣頭上下手也重了些，反正就是這麼個陰錯陽差，不打也打了，現在弟兄們對他反而多了一層畏忌，辦起事來方便多了。

兩天前肥豹出言頂撞阿吉，他一個脾氣上來便找肥豹單挑，美其名是單挑，也不管人家答不答應就狠下毒手，肥豹現在還躺在總部休養，弟兄們私下都暗自替他抱屈。

肥豹以往叫作白豹，身手迅猛如獵豹，有一排雪白鋒利的牙，發起狠勁來，誰也別想從他牙裡脫逃。不過那都是很久之前的事了。後來的他好吃懶做，俊美的身段都往横裡發展，一口利牙與牙床不再緊密，最後才演變成肥豹。頂著元老級的輩分，卻總是扮演著諧趣的角色，久而久之，他心裡也越來越不是滋味。

自從誤踩地雷後，肥豹心裡那口氣更是順不下，礙於小四的情面和可爺的威勢才沒有將事情鬧開。

小四從小和他一塊兒長大，情同手足，又豈有不心疼之理，這天又來總部看他。

「喂，好點沒？給你帶了吃的。」

肥豹轉過身，也不理會小四，只是面朝牆繼續躺著。

「在問你話啊，聞到沒有啊，千里迢迢去給你找來的，你上次不是說喜歡吃……」

「我全身都痛，吃不下。」肥豹回過頭呢喃一句，又倒了下去。

「你這是怪我的意思囉？」

「我沒有這麼說，除非你自己心虛。」

小四嘆了一聲，過了半晌才又開口，「你聽我說，現在這個情勢……」

肥豹倏地轉身，眼神發出透亮的光，想聽小四講下去，那些可以令他為之振奮的話語。

「現在又不痛了是吧？……」小四哼一聲也不說了。

肥豹站起身來頻頻湊近，「四哥，我是氣他根本沒有把你放在眼裡！我肥豹從小就跟著你，有你就有我，他這不是擺明了不給你面子。」

小四瞅了他一眼，「你少用激將法，那天你講人家什麼，我還沒跟你算帳呢。」

「他是認賊作父啊，我哪有講錯。莫叔也說那個什麼傑的不是好東西，他們黑吃黑，這叫作活該！」肥豹理直氣壯的又複述了幾次，直到小四板起面孔作勢要打他才住嘴。

「我隨口告訴你在外面聽來的事，是要你去到處宣傳是不是？你以後休想指望我再告訴你什麼，大嘴巴！」

這時肥豹也感到有些理虧，低著頭不回嘴了。

「別以為道理都在你那，人家的功績難道都是假的啊，弟兄們不會自己看看嗎？」小四轉身不看他，肥豹先是按耐住不出聲，想說點什麼馬上又被小四搶話。

「你啊，這個衝動脾性遲早把我們都害死！別老顧著怨人家佔了什麼功勞，我們也該做些事讓大伙兒開開眼界了……」說到這，小四眼裡發出了些閃光。

「你自己好好反省一下吧！……」

小四最後丟下這句話，一個轉身，賊笑橫溢滿臉。從肥豹臉上的痴愣神情看來，他是十足讓小四給唬住了，要氣也是氣自己的散漫怠惰，再不會嚷著要報仇什麼的。

小四邊哼著小曲，又走了一陣，倏然回想起方才的一字一句，原也並不純粹是打發肥豹。不知道從何時開始，阿吉那哥兒們的態度驟然轉變，當然……他是忙，大伙兒也看到了成績，然而他幾次招呼也沒有一聲就獨自行動，動機也實在是匪夷所思。

不久前，他曾當面問過阿吉，「喂，兄弟，怎麼幾日都不見影子，忘了我們曾說過好哥兒們要有難同當啊。」說到這，他還俏皮的眨了眨眼，然而阿吉並沒有接下這反應。

小四只得訕笑著帶過，邀他下次行動前先知會一聲，阿吉當著大伙兒的面一副求之不得的神態。然而他還是自顧自的行動，自顧自的領取功勞，自顧自的私下向可爺報告。何止啊，他還自顧自的打了肥豹！他知道肥豹是他小四的誰嗎？

小四彷彿才懂了肥豹這幾日來的諄諄叨唸。這情況與當初想像的有不少落差，他不知道哪兒出了錯。或許錯誤在阿吉來到之前已經存在？……

他想起以往自己衝鋒陷陣的勇態。肥豹還是白豹時，牙功了得，咬勁十足；飛魚的腳還完好時，誰也跑不贏他。他們三兄弟堪稱富華街三霸王，在他二哥麾下打過一場又一場的勝仗。二哥一個抵十個都算小意思，喝，就算是牛鬼蛇神也得讓一邊去。想到這他頓了頓，喘了口大氣，硬是不讓這往事再翻起雲湧。

自從二哥死了之後，一切就變調了……

他們成了一盤散沙，毫無鬥志，就像精魄被抽空後的一群行屍走肉。連可爺也難得現出了意興闌珊的德態，這才讓大刀他們寸步逼近，否則單憑那種角色他們哪會放在眼裡。

夠了！小四朝天空長嘯一聲，那聲音拉得好長，待氣力用畢時，他對自己說：「昨日的小四已死。」打從明天起，不，就從今晚起，他要拾回以往的煞氣，他要叫大家懼怕，知道至惡之尊非他小四莫屬！

一輪明月還高掛在天空，天已漸漸轉亮，形成一副日月並行的畫面。肥豹又哪裡睡得著了，這邊廂小四回想著諸般從前，肥豹和飛魚也同樣的由頹喪、哀悼之情，轉化為憤慨、激昂，一種新生、更具力量的動能，一大早便與其他兩位弟兄齊齊趕至小四的屋所。

「四哥！」

小四猛然一個起身，他休息得夠久了。

飛魚一跛一跛的走近，「我特別漏了風聲給大丁他們幾個……」話還未說畢，小四即刻了然於心，「聰明！在哪？」

「在百漢山鄰近崇陽隧道那一帶。」肥豹搶著答腔，就怕小四不知道自己也為這件事出過些主意。

「好！現在離正午還有些時間，我們哥兒們先過幾招吧。」

只見肥豹一口利牙仍雪白無瑕，雖已略為鬆脫，然而不仔細去撼動它並不會察覺。他抖擻那一身油亮的皮毛，收起肚腩，將氣聚集在胸腔，頓時威武了許多。飛魚雖然行動不便，然而才智謀略卻一點也不遜色於小四，他麻利的一個轉身，緊接著又一個，都是頭追在尾巴前，充分的顯示了不平凡的身段。

哥兒們熱血沸騰的走到了相約的地點，比約定的時間提早了一些，是為了找尋合適的目標。不能選擇太弱勢的，但又要穩操勝券，還得鬥得漂亮，確實得費一番功夫。

時間雖已接近正中午，然而現在畢竟是冬季，徐徐冷風在廣闊的山邊吹過又來，飛魚開始打起了哆嗦，肥豹雖有體脂肪傍身，也不禁緊縮著身子。

「四哥，怎麼一個人也沒有。」

也不知道這一聲出自誰的口。小四皺起了眉頭，他們已經頹廢了如許久，又怎麼會料到這裡早成了管制區，平時閒雜人等均不得進入，眼看大丁他們就要來了，這場好戲卻少了主角，這還成戲嗎……

「既然沒有人可以嚇唬，我們也可以相互過個幾招是吧！主要是讓他們見識一下我們的勇猛。」小四這番宏亮有餘而說服力欠缺的激勵話語，就和幾位弟兄一樣，乾癟得恍似將落未落的凋殘杜鵑花瓣那般萎靡不振。要是剛才過溪時沒有留在那玩水倒不至於冷成這副德性，而此刻懊悔也已然太遲。小四耳利，聽到遠方大丁傳來的陣陣笑語。

眼前的另一方，有一個步伐蹣跚的少年往此處踱來，真是天賜的橫運。小四故作惋惜的說：「我通常不喜歡為難同類，不過……今天就算他不走運了！」接著是幾聲冷笑，那冷到骨子裡的邪氣讓弟兄們都為之一振。

「想我們三霸威震富華街時，弟兄還只現在的一半數量呢。」

「說得對，我們一抵十，十抵百，大刀他們又哪是對手。」

「你大爺我今天心情不好，很想找人練練拳腳……」

「咦，眼前不就正好有一個。」

那像是套好的話語，一句句飄盪至大丁那幫傢伙的耳裡。這一群算是新生代中勢力最強大的群組，以大丁為首，雖則實力欠缺，然而敢衝敢為，不久前才折服在可爺的威震之下，算是和阿吉不打不相識。他們又哪裡見識過小四在他二哥那個時代裡的一番作為，對他頗不以為然，想他多半只靠討好可爺才上位，反觀阿吉一拳一腳都是實力，寸步江山都有血汗，堪稱實至名歸。

那少年走走停停，嗅嗅這又聞聞那，眼裡充滿了迷惘，小四哥兒們早已擺架妥當的惡煞狀有種漸漸乾枯的趨勢，他們只好遷就那少年，盡量不著痕跡寸步的往前方挪移。

大丁他們如預期的掉入計畫的一部分，躲在岩後靜觀其變。那少年已然入甕。

「誒……慢著！」小四戲謔似的搶出，接著和他的狐群狗黨立即圍了個圈，除了施加壓力之餘，還讓對方產生一種難以逃出生天的恐怖感覺，是練過的慣用招式。

那少年嚇得即刻撲跌在地，「大……大……大哥，有什麼事嗎？」

「你是大刀那伙的吧……」飛魚橫眉斜目的湊上他的臉說。

「什……什麼大道。」

「少在爺們面前裝蒜，你明明是往那個方向過來。」

「我……我迷路了。我不知道那裡是哪裡，也不知道這裡是哪裡……」

「還嘴硬！」

那少年又跌下去，這次也不站起來了，一臉欲哭的模樣，想是飽受了許多委屈。小四暗暗擔憂，這下可別被大丁傳他欺侮弱小才好。然而眼前的少年，不論身高或噸位都能與小四平分秋色，唯獨縮在那兒像個娃娃般毫無對抗的意思，他們幾兄弟相覷無言，心裡都有種騎虎難下的難堪。

「啊呀，你還頂撞四哥。」飛魚當機立斷，栽了這麼一個贓給他。肥豹順勢就喊，

「別跟他說這麼多，打！」

幾個兄弟即要賞他一頓拳眼的當兒，有個黑影從遠方迅雷奔馳而來，一轉眼已在眼前。他還大吼著，「丹丹！等一等，你走錯了！」那渾厚飽滿的聲音絲毫不受疾跑的影響，想那丹田的力道是有多實在。

大伙兒停下來直盯著他看，彷彿有種魔力似的。待距離湊近了，小四才發覺他原來是個她，心頭一陣嘩然。

「丹丹，你家應該在那邊。」她指著反方向偏右的一條小徑。「那裡有一條河，你不是說你家在河旁嗎？」

「嗯。還有一條石橋。」那少年終於綻出一絲笑意，緩緩站起身。

「那就是了！我剛跑過去看，真有一條橋，你快回家去吧。」

他們幾個被晾在一旁，原已經尷尬得不知該如何是好，還多虧小四是個老經驗，三言兩語又將氣氛帶回原處。

「喂喂喂！在爺們面前話家常啊！多半你也是大刀那一伙的。」

「一定是了！來一個殺一個，來兩個滅一雙！」

弟兄們一下子便沸反盈天，那少年又怔著說不出話。她圓鼓鼓的眸子裡像含著水珠，朝他們每一位望去，真摯的予以微笑，轉頭問那少年，「丹丹，他們是你朋友啊？」

那少年也不敢說不是，只是猛然搖頭說想要回家。

兄弟們聽到了，立即併攏又圍了個圈，這次把她也含在裡頭。沒想到她涉世未深，並不明瞭那裡頭的惡意，鑽在小四和肥豹之間笑著說，「借過啊，謝謝。」

「不借又怎麼樣……」小四還是那一派霸道無理的德性，那似笑非笑的眉眼裡盡是壞心眼。

「哎唷，四哥，你怎麼這麼壞啊……」肥豹故作嬌嗔的說。

「人家好好的一對兒，何苦要拆散人家呢。」

「全都留下不就不用拆散了？」接著是弟兄們一陣陰森的笑，通常戲走到這，圈圈內的受害者便會受不住恐懼與壓力，鬼吼嘶喊，分寸全亂。今日不知怎的，不只他們倆沒給出預期中的反應，連弟兄們的演出都有失水準。

「為什麼不借？」她甚至還凜然的問。這一問，弟兄們全都張口回望著小四。

小四突然暴怒的吼，「怎麼！不借就不借囉，還得找理由啊！」

而她還是那一貫的真誠，眼裡毫無洩出一絲恐懼和憤怒，「可是……我們只是要回家而已。」

眼看戲就要接不下去，飛魚乜斜著眼說：「兄弟，她說要回家耶……」

肥豹立時接下這話，「小倆口一起回家嗎？啊喲……要不要帶我們一起啊……」

「沒有喔，那是丹丹的家，不是我的家。我的家……」說到這，她低下頭，淚珠也跟著滾落了幾滴，「我在這裡等長官，他說他馬上回來。」

小四看著她全身上下黏膩的毛髮，骯髒的腳踝上還沾著半片枯葉，想必這個「馬上」少說也有幾天了。當下竟有些於心不忍，「別傻了，你長官不會回來了。」

「可是他說他會回來。」

「他不能騙你嗎？」

「他為什麼要騙我？」

「我怎麼知道……可能他覺得厭倦了，或是經濟上負荷不了，天知道他們這些人怎麼想的……」

「長官從來不會騙我。」她突然信心大振，拾起笑容說：「丹丹，我們快去快回，否則等等長官來了見不到我。」

「慢著！你叫什麼名字？」小四依然擋在他們面前，但語氣明顯軟化了許多。

「長官都叫我阿金。」

「這樣吧，阿金……我看你是個人才，以後你就跟著我們吧。吃喝玩樂，一個也少不了你的。」

阿金猶疑的看著小四，他急忙吆喝弟兄，「你們平時也都叫我長官的，對不對！」

「是的，長官！」

「很好！怎麼樣，阿金？」

這下阿金完全相信小四是這區域的領導，只不過她又低下了頭，「我還是想在這裡等我的長官回來。」

小四欲再說服她，這時肥豹在耳邊咕噥了幾句，他急忙朝岩邊張望，大丁他們早已不知去向。

小四揮了揮手讓他們走，一顆心也直沉到底部去，這場大戲可謂是失敗中的失敗之作，簡直不知所云。兄弟們折騰了這一番，雖無功也有勞，都累壞了。

他們返回百漢山總部時，經過阿吉的住所，小四往裡頭瞥了一眼，心想阿吉必定又在哪忙著替可爺打江山……

而事實上阿吉今日特地放自己一天假，回到北富魚市，一臉衣錦還鄉的神氣，卻意外的沒有得到熱烈的夾道招呼。

傑老大鐵板牛排的招牌已被摘下，現正躺在一台收破爛的小推車上，被一疊廢棄紙箱擻壓著。衣著襤褸的老人推著車子繼續往前，逐個和店家們索討各式回收物。

看著那塊招牌越走越遠，有股厚重的情緒壓著阿吉，以往的窒息感已不復在，取而代之的是一種滯悶的苦感，他無從分辨那究竟是難過或者不是。

他鑽過鐵皮圍牆，朝一旁的華弟大吼一聲，像是要藉機宣示他的到來。

「吉哥。」華弟怯生生的應了一句，疾跑到民雄身邊也不知道在忙些什麼。

看著大伙兒一個個就像已經不認識自己般，阿吉只當作是自己的盛名已傳遍北富魚市，讓大伙兒不敢親近，於是更熱絡的表示友好。事實上，是阿吉放大了一切，懷抱過多的期待，平時大伙兒都是這般自顧自的活動，也從不因此有誰感覺被冷落了。

豬皮在角落啃食剩餘的半隻雞腿，突然有個黑影把雞腿搶了去，豬皮惱怒的喊了一聲，阿吉見狀，即衝上前去和那外來者扭打，但他顯然餓了幾天，也顧不得眼前身形比他壯碩一倍的阿吉如何對他揮拳如雨，死也不放掉雞腿。

豬皮怕事，不迭的挨在阿吉身旁喃喃碎念：「算了啦……吉哥，我不餓了。」沒料到拳腳無眼，豬皮反而挨上阿吉一記側拳，撲跌在地，民雄見狀以為豬皮被欺負，立時衝上前助陣，然後是華弟、阿亮和鐵頭，一個個往暴力中心堆疊成聚，場面頓時亂成一團。

「幹什麼，造反啊！」魚丸店仁叔終於看不下去出面喝止，朵拉跟著跑出來，大伙兒一哄而散。雞腿終究是給外來者叼了去，阿吉看著心下就有火，再看到大伙兒一副滿不在乎的模樣則更加怒不可遏。

「你們就這樣任由別人欺負嗎！」阿吉激吼，豬皮嚇得退避至角落，怯懦的表示那外來者也挺可憐的。

他還在那啃食剩餘的雞腿骨，已經餓到前胸貼後背，像一排肋骨上覆蓋著一張黑色的薄皮毛。他也不在意是否會再飽受一頓拳眼，只盼能圖個暫時的溫飽，而此舉在阿吉眼裡卻有如挑釁般不可原諒。

「人家都踩到頭上來了……哼！看以後誰來可憐你們？」

「我們又不可憐……」

其實魚市每晚都有食物殘餘可撿，多到還可以挑食。而民雄這一頂撞，卻讓近來受慣吹捧的阿吉暴怒，「簡直是無可救藥的一群！……」他恨恨的說。

民雄欲再辯駁，朵拉急忙將他支開，嘴裡還嘀咕些曉以大義的教誨。民雄撇開頭，一副氣不過的神情，然而他尊敬朵拉，再想起仁叔平時諸般照顧，便靜靜的踱到一旁。

阿吉看著這幕，火氣更甚，「你看你們……嘖嘖嘖……就像一盤散沙。根本就是爛泥扶不上牆！」

深吸了一口氣，這下朵拉再也忍不住怒斥：「夠了吧你！那套生存之道留給自己好了，我們這裡不需要逞凶鬥狠的。」

這話聽在阿吉耳裡，就好比她下了逐客令，這裡沒有誰歡迎他了……天大地大，他竟然又再一次遭受遺棄，還不太密合的傷口彷彿遭到二度撕裂，阿吉默然離去。

孩子們皮都繃得緊緊的貼在牆角，而那外來者也顫抖著，叼著雞腿又走了幾步才發現右腳受創。

民雄帶有善意的逐步靠近，那外來者似乎也略為鬆開戒備，舉止間已不那般具有攻擊性。華弟緊接著跳了出來，豬皮也從紙箱旁探出頭張望，孩子們的笑聲鬧語中頻頻夾雜著那外來者的名字「阿蒙」，大伙兒就像一家人般可親。

阿吉隱約聽到後方的一團和氣，心中冷笑了幾聲。總有一天他們會知道他是對的，希望那時候不會太遲。他加快了步伐趕赴今日的例行會議。

充滿陽光的大廣場上，兄弟們各聚一方，蓬勃的生氣如滔滔大浪一波接著一波，兄弟們吆喝的內容離不開街頭街尾那些逃之夭夭的人們，和大刀那幫零星落單的狼狽傢伙。

「現在誰才是鼠輩啊……」大丁叫囂著。

「他們！他們！……」

這類的吆喝問答在這種場合永遠不嫌多，氣氛在嬉鬧中已漸達沸騰點，阿吉站在後方，沒作聲但也跟著笑。

「好了，大家聽好！」可爺一聲令下，喧囂聲在瞬間刷地一收，全場肅然靜聽，大伙兒丁步寸移自動往中心點併攏。

「今後……」他清了清喉嚨，審慎的凝視著底下的弟兄，像是要發表一段隆重的演講。

「我要你們全都向阿吉看齊！這就是新準則，散會！」

可爺語畢，全場歡呼聲四起，在每個月的例行會議上，可爺如此標榜讓阿吉好不風光，一個個目光都朝後方掃視，焦點紛紛落在他身上，這下子他變得更不容忽視了。

突然一陣天旋地轉，阿吉身體輕得像是要飄了起來，弟兄們笑鬧的臉龐一下子扭曲變形，忽而大忽而小、霎時拉長又驟然緊縮，就像萬花筒裡那不斷變幻的趣致。

「恭喜啊，吉哥。」大丁領著新生代弟兄齊齊道賀，語氣裡頗有崇敬的意味。幾位耳尖的弟兄都聽出了，他改口喚他為吉哥，而不再只是阿吉。

「飛魚，我們走。」肥豹心下替小四不值，悶著一肚子氣斜眉橫目朝他方看去，半晌，他才發覺身旁原來只是一捆尼龍布袋，放眼掃視，原來飛魚早就隨著弟兄們的波動，緩緩流向阿吉那方，乍看之下，就像他也同他們一樣，簇擁著阿吉。

在一片恭賀聲浪中，阿吉似瞥見一位扭轉了他的命運的長輩，他穿越堵堵肉牆，高聲喊叫：「莫叔？你也來了。」

老莫一派悠閒俯在樹下納涼，看到適才那一幕，頻頻微笑點頭，「你這樣不是很好嗎……」這話裡的含意只有阿吉能夠領會。

阿吉眼眶似噙著什麼，竭力抑制著，某種程度而言老莫是對的，他不再氣了，不再為了任何人是否值得而大動肝火。而老莫在此出現，多少也是因為對阿吉的認同。老莫與可爺的關係，就好比小四和他二哥，這次可爺再征召他入戰，他終於首肯，其中原因不問自明。

老莫對於人們的恨意並不少於可爺，但幾年下來心裡頭的沸騰熱血也漸感冷卻。弟兄批次的在惡鬥中傷亡，效果卻十分有限，任誰再有心也都力乏了。小四能力其實並不差，只不過二哥死後就一蹶不振。也或許一蹶不振的是可爺，大伙兒不約而同現出撒手姿態，再這麼下去，就要連百漢山也守不住了。

直到阿吉的出現，他激發了可爺一直以來想集合南區勢力的宏願，也著實幫著朝那目標一步步邁進。大家心裡都有數，接班人的位置自然就非阿吉莫屬了。幾位元老級的叔父輩人物對他更是讚譽有加，不難想像阿吉的前程，就像打上蠟的大理石地板那般平坦又光亮。

小四也笑吟吟的送上祝福，卻在那一句刺耳的話下僵直了表情。

「以後我們該改叫吉哥做老大了。」某個小弟吆喝著說。

阿吉察覺有個什麼從他兄弟倆之間滋冒出了芽，他不能任由它茁壯，至少現在還不能。「你們胡說什麼！找打嗎！」他急忙喝斥該名小弟，熱鬧氣氛彈指間轉為凝滯的尷尬，稀疏笑語在背後吃力的支撐著，目光焦點悄悄的從阿吉挪至小四身上，帶著一種責怪、憐憫和看好戲的綜合心態。

「嘿，你罵他做啥，我樂得輕鬆不好嗎？」小四一派吊兒郎當的模樣，踱出門口時還對著天空獻上飛吻。他這一走，奉承的話語更加肆無忌憚的一股腦兒撒向阿吉，而他欣然照單全收。這是他應得的，他看著身上的新舊傷痕，為了傑哥，一切都值得。

近期以來他想著傑哥的次數越來越少，也許是因為生活太過忙碌，他想要盡快達到可爺所謂「時機成熟」的狀態，逞凶鬥狠成了呼吸一般平常的事。自從阿吉將報仇這件事往身上攬之後，他越發覺得這是屬於他個人的事。傑哥和這事的關聯變得可有可無，他是一帖藥、一句話或一首歌，用來強化內心的某一塊，驅散脆弱感。他把傑哥對他的愛轉為一種驅動力。那驅動力的原始動機是回饋，是報答，至於他如何在其中找回自我，純屬意外的收穫。

當晚，他面臨了可謂關鍵的一仗，在一片聲嘶力竭中，他像一頭狼爆怒衝向迎面而來的敵手，像大刀重擊傑哥那樣重擊著他，對方的血水濺了他一身，他連眉頭也沒蹙一下。最後踩著遍地的哀嚎，再一次登上了勝利寶座。

為了傑哥……他在心裡再一次唸著。

9

天空高掛著炙熱的火球，是整個冬季難得回溫的一天。

離開例行會議之後，小四彷彿隨著他的飛吻拋物線狀地落下，重擊地面，在火燙的柏油路面上蒸發了。柳樹旁有一個喀拉作響的鋁鐵罐，風吹一下，它就動一下，但始終也走不遠，半天了還在原地扭動掙扎著。

原來被掏空了之後，就只剩下掙扎……

他邊走邊踢，邊踢邊想，越想就越心寒。鋁罐像是指路石般的帶他來到七彩橋底，他不加思索往橋的另一端走去。

這以前也是他待過的地方，充滿了平和寧靜，他大力的吸了一口氣，連空氣也單純了許多，他想不起當初為何會離開這裡。

小四走下橋時，在堤邊看到一只翻倒的竹簍子，他的頭不自覺的跟著那竹簍子一會兒往左，一會兒往右，再仔細點看，有一團黑影窸窸窣窣的在裡頭磨蹭，小四朝著它大吼，「是誰?!」

「蛤?」她隨即回了一聲。

這飽滿宏亮的聲音似曾相識，他打了個哆嗦，該不是那等長官的傻女孩吧，這下不妙……小四猶疑了半晌，竟就此被纏上。

「報告長官！前方有可疑物品，請求長官指示。」阿金還記得他，雖然小四看起來遠不及她長官那般正直英勇，然而當下也別無其他選擇，她只好將要事如實稟報。

「別鬧了！我今天也不為難你了，你走吧。」小四擺了擺手，臉上依然是灰撲撲的黯然模樣。

「請求長官指示！」她再一次放下手邊的工作，畢恭畢敬的回話，這讓向來逍遙慣了的小四渾身發癢。

「賣菜的空竹簍裡頭會有什麼好東西，你幹嘛不乾脆跳下去撈那只大塑膠袋，可能收穫還比較多哩。」小四往海面那頭努著嘴。

阿金顯然沒聽出這裡頭的諷刺，帶著一些助跑，她疾速往河裡飛撲，三兩下就撈回了那只塑膠袋。

「是空的，長官！」

此舉讓小四再度傻眼，他確信自己遇到了瘋子，要不就是傻子，極可能皆是。

「咦？你看那是什麼……」小四使出一招調虎離山之計，以迅雷不及掩耳的速度逃離現場。他邊跑邊回頭，確定沒被纏上之後在電線桿旁稍作歇息，想起那次若不是她從中搗亂，也不會搞得大伙兒灰頭土臉，這瘟神真是害人不淺，不過幸好自己也不是省油的燈。

他還在自我感覺良好的氣氛中，突然「哇啊！」的一聲，小四驚跌，阿金像鬼魅般又出現在他眼前。

「天吶，你是怎麼找到我的！」此刻他已經接近歇斯底里的喊叫，阿金也不正面回應，「請問這是你的嗎？長官。」

他瞟一眼那破損的深褐色塑膠皮製錢包，裡頭還有幾張紅紅藍藍的紙張，而他又哪用得著那種東西。

「不是。你別再跟著我了。」他無情的拋下一句，轉身就走，一面走，還不忘回頭看，沒見著還特意拉長了脖子再看。這次居然沒跟來……

「那好，嘿嘿……」他冷笑了幾聲，而那音線細微無力，冷風一吹就化了。他心頭一凜，「不要傻不溜丟的又亂認了誰當長官……這裡的人啊，沒一個好東西。」

「沒一個像我這麼正派的，」他再加上這一句，自己也笑了出來，從沒想過正派這字眼用在自己身上倒挺新鮮的。

其實小四也沒吃過誰的虧，只是從小聽可爺講起人們的故事，多多少少也保有些人們殘酷狠毒的壞印象，再細想下去，他竟開始著急了起來。

他一個轉身就要往回衝，沒想到鼻子和阿金撞個正著，「天吶，你怎麼還在！」他忍著鼻頭的痛楚，咆哮似的怒吼。

原來阿金繞著一台可疑車輛，探查了一圈後又回到小四後頭，只是一路低著頭，他才絲毫未察覺。

「我……」她欲要說些什麼，肚子卻不爭氣的咕嚕一響。

原來中午小四離去之後，她又在那裡等了一個下午，半點人煙也沒有。原本靠著幾顆爛果實撐著，但後來就連爛果實也被吃個精光後，她只得沿著路邊覓食。誰知道覓著覓著竟發現了可疑物品，一路追蹤之下，又在那個堤邊和小四撞上。

「肚子餓了吧。」

「是的，長官。」

「好了，別再叫我長官。遊戲結束了，我其實不是你長官。」

「好的，長官。」

小四被激得舉起手就要打，她也不躲，僅微微一縮。小四倏然收了手，一臉飛紅。他也常這般嚇唬肥豹他們，也不是真的打，但他們總是能在瞬間就溜得不見影蹤。她這反應，倒真的像是他在欺負她。

「我帶你去吃點東西吧，但條件是別再叫我長官了。」

「是的，長……」阿金點了點頭，緊閉起雙唇。

「說到吃的……我倒是知道一個地方！」小四靈機一動，但瞬即掛起一副為難的神情，自說自話中又走了一段，「還是算了……」他倏然轉身，然而也只待在原處踱步，就這般一來一回幾趟，看得阿金一頭霧水。

那一次他離開永新公園時扔下的話是那樣的決絕，「你們再跟著這批人鬼混，遲早會完蛋！」朵拉衝著他回了一句，「看誰會先完蛋！」他甚至忘了當時是為了什麼而起了這個爭執。

「先不去公園了，這時間點，魚市應該沒有人，先帶你去找點吃的吧……」他替自己找了個藉口。其實永新公園離北富魚市也僅僅幾步之遙，或許小四就是想要被發現，藉機探探大伙兒的反應。

他們倆信步走在岸邊，但隔了一段相當的距離。阿金長得不算標緻，但白白淨淨倒也挺可愛。體型是大了些，小四胸腔立時吸滿了氣，看來也魁梧，只不過瘦了些。

阿金忙不迭的東張西望，這裡探探那裡查查，在對到眼的當兒，小四急忙將眼神撇往他處。

「這兒離橋很遠了嗎？」阿金問。

「你還想著要回去?!」小四瞠著眼拉起破喉嚨嘶喊。

阿金怯怯的點了點頭，眼神不敢直視小四，像個待受罰的孩子。

小四只得放軟了聲線，「先填飽肚子再說吧……到時你真想去再陪你走一趟就是了。」在她身旁，小四覺得自己一點也不小四，全身軟綿綿的，使不上力。打從那天遇到她開始，惡人招牌被拆了，彈無虛發也不知怎的變成彈彈都卡包，令他在弟兄面前顏面無光。她到底用的是哪一招……小四由頭至尾的將她看了一遍又一遍，她突然發足狂奔。

「是這裡嗎？」她問。

北富魚市四個字現已落在一塊簇新的招牌上，以往那條老掛著兩瓶礦泉水的紅色破布條早被銷毀。

「唔，還鋪了水泥地板哩……」小四踩踏了幾下，像要確保路面的結實性。

阿金跟著他左右晃蕩了一番，幾乎把魚市外圍繞了一圈，幾聲喃喃笑語在已休市的魚市場裡特別醒耳，他的心跟著一驚，是豬皮！……原來他們搬到這兒了？不怕被人趕嗎？發出這疑問的同時，阿金正巧發現了鐵皮圍牆的缺口，想不到小四轉頭又去查看柱子的結構。

「我們不是要進去嗎？」阿金忍不住提出了疑問。

「是啊……是啊，當然，呵。」然而小四仍怯生生的站在遠處不敢跨越。他的沒自信不全來自於氣勢低靡的狀態，他知道在這裡，他們那套是不管用的，沒人會在意你名號多響，或曾經有多響。

他再次清了清喉嚨，退開半步，「嗨……」那尾音分岔得厲害，如此氣短的一聲招呼讓小四喪失了最後一絲勇氣，他轉頭又想開溜。

朵拉原本十分氣惱他把阿吉帶壞，然而看著他那羞怯無助的模樣也就火氣全消，畢竟他並沒逼迫阿吉，這完全屬於個人的抉擇。

「你不用幹活嗎？」朵拉沒好氣的說。

小四將這句話領會為善意的回應，他一個箭步走上前哀怨的說，「沒活可幹，我失業了，沒東西吃，你們願意收留我嗎？」他微低著頭，眉頭蹙成八字，苦臉皺成一團，水汪汪的眼珠子往斜上方吊著，和精壯的身軀形成滑稽的對比，朵拉噗嗤一聲。

冰山融化了。

「喂，民雄。哇，豬皮長這麼……壯，哈哈。」小四急忙向僅認得出的幾位一一問好。

「四哥。」豬皮對著誰都會在名字後頭加上個哥字或姊字，他認為那樣就是很上道的表現。

「誒……叫我小四就好。」他略顯嚴肅的語調讓豬皮呆愣片刻，這時朵拉也察覺有些不對勁。

「那些老是圍在你身邊四少爺前、四少爺後的那些呢？」朵拉試探性的一問。

小四默然皺著眉，聳了聳肩，看不出任何情緒。朵拉比誰都清楚他的脾性，在她而言，這是不成邏輯的。而接下來的話，更令她咋舌。

「我……開始不確定很多事……」他的目光沒有焦點，像是在自言自語，不待朵拉的回應，他笑著又說：「如果我留下來，你們會歡迎我嗎？」民雄第一個大聲叫好，因為小四教他的那幾套防身術很受用。

「什麼時候搬來的？這地方不賴啊……」小四笑著說。

「是我發現的！這裡都沒有人會趕我們。」豬皮搶著答話。華弟也不甘示弱的表示，「是我提議要搬過來的！」

「聰明啊！最危險的地方就是最安全的地方，哈哈。住在這兒，早晚都聞得到香噴噴的食物，真好……」小四滿意的繞場一圈，轉頭卻看見阿金一臉蒼白無神。

阿金眼裡的魚市是個雜亂無章、缺乏秩序的世界。豬皮晾著白肚子倒在一邊，太保呲牙咧嘴的伸展著他那副鬆散的懶骨頭，華弟口沫橫飛將菜飯噴了滿地。簡直是太失分寸了！他們的榮譽感到哪去了？……

「我想見一見你們的長官可以嗎？」阿金認真的朝著豬皮發問，豬皮也很認真的盯著阿金，眼神瞬也沒瞬半下。他試圖從她表情裡的蛛絲馬跡來理解這句話的真實意思，他確信那有另一層意思。雙方僵持了片刻。

「我有些話想和你們長官建議一下，麻煩你。」禁不起阿金再一次鄭重的要求，他慌了。

「民雄！什麼是長官？」豬皮隔空對著民雄大喊，這又是另一個阿金眼裡不得體的舉動。

「我們沒有長官！」民雄喘吁吁的一拳一擋，分心的剎那被小四擊倒在地，但他簡直樂歪了，「再來，再來。」他興致勃勃的對小四吼著。

豬皮鬆了口氣，含笑複述：「我們沒有長官。」

「沒有長官？……」

阿金呆若木雞，像人生完全失去了指引。一隻蒼蠅擾亂了她的沉思，然後又是一隻，越趕卻越多，轉眼間已聚集成團，其中參雜了一些不具名的小蟲。她低下頭，目光落在幾個黑點上，黑點們咻的一聲齊發，竄進了發出惡臭的塑膠袋。有一口難以下嚥的唾沫卡在她的喉頭，不知該上或下。這裡以後就是我的家？……她堅持打上問句。

朵拉沒跟著大伙兒一塊嬉鬧，坐在離魚丸店不遠的魚市牌樓處，眼睛直勾勾的盯著馬路對面的便利商店。

「叮咚……」門開了，關了。

「叮咚……」門又開了，又關了。

她數不清這已經是第幾趟。

「還在等阿珍？」小四問。

朵拉木然的說：「阿珍說家裡沒有醬油，便利店買一瓶很不划算，但是少了那一點就不對味。」

這件意外小四親眼目睹，事後卻沒勇氣告訴朵拉，阿珍被貨車撞得老遠的畫面還歷歷在目，他撇開頭輕嘆了一聲。

「她說只出去一下，怎麼就不回來了？」

面對她的疑問，小四頭壓得更低了，朵拉甚至不知道阿珍是為了她才討好仁叔而去了那趟便利店。

自阿珍撿到她開始，仁叔就常借題發揮，嫌空間受限了，又嫌朵拉的叫聲太過惱人。「其實朵拉很乖，只是畢竟流浪過……」阿珍數度解釋，而仁叔在氣頭上又哪裡聽得進去。光看到那些在廚房門口的便溺，他心裡就燃起三把火。

那晚阿珍和同學玩到深夜才返家，朵拉怕她就此不回來，心焦如焚，把家裡搞得慘不忍睹。自此之後，阿珍帶著朵拉躲躲藏藏，又得遭受仁叔連番無情的白眼，心裡漸感壓力。

這一天，阿珍仍和仁叔冷戰著，已經一個多禮拜了，仁叔的氣居然尚未消滅。自從阿珍她媽媽走了之後，兩父女相依為命，甚少爭吵，更別說冷戰，阿珍深知仁叔嘴硬心軟的脾性，她抱著朵拉嘻嘻賊笑了幾聲，「我們來煮一餐好的給爸爸消消氣，好不好？朵拉。」

仁叔其實早就不氣了，只是一心想要給阿珍一個下馬威，否則哪天她不止把阿貓阿狗給帶回來，連鳥蟻蛇蟲通通也都拎回家，那家裡可成了什麼……

阿珍照著擬定計畫要給仁叔一個驚喜，沒想到醬油在最危急的時刻竟然一滴不剩，原本也可用鹽巴代替，可是又礙於求好心切，心想若氣氛允許，她再美言幾句，或許仁叔會開始接受朵拉？那豈不是完美極了。想到這，她便興致高昂了起來，放下朵拉，她決定獨自前往便利店，速去速回。

阿珍在門口穿鞋時，還不忘叮嚀一番，朵拉數度闖關，有一次都到了電梯門口，卻硬生生給阿珍拽了回來，「朵拉，不可以這樣，你要乖乖的啦，我馬上回來。」最後她當然沒有回來。

自從此事之後，仁叔便帶著朵拉片刻不離身，呵護有加，就連民雄豬皮那些孩子也連帶受惠。朵拉只當作是個無端的驟然轉變，驚喜著要告訴阿珍，她們終於成功了。

「叮咚……」門開了，又關了。

10

小四一早醒來，便覺得渾身不自在，他想起昨日的七彩橋，先在堤邊沉思了片刻，又繞到街口的小吃攤旁填飽肚子，仍覺得時間有點早。

隻身走在小街上，耳邊傳來人們的耳語，小四怔了片刻。這次身邊沒有帶著肥豹飛魚他們，有些勢單力薄的緊張，他連忙側身竄入一旁的暗巷，一顆心還突突跳躍著。

「何止啊……老王上回遇到一隻超級惡霸，我看牠那麼胖，大約是牠們的狗王，一路追著老王咬。到最後老王連滾帶爬逃出巷弄，才發覺渾身都是傷，在急診室縫了十幾針呐。」她一邊口沫橫飛的說著，指頭在小腿肚周圍畫圓圈，範圍看來真的不小。

小四在暗巷裡，無意間聽著吃早餐的居民敘述肥豹的種種作為，還稱他為王，實在是想笑，卻笑不出來。那次他應該也在，只不過完全不記得是為了什麼而來。

「真的？老王那人不是最要面子嗎？他親口告訴你的？」

「是啊，哎呦，遇到這種事，還有誰會笑他，就不要哪天自己也遇到了……」

「喂！呸呸呸……別講這種話。」

老婦人嚴厲指責一位年輕的男子，那男子輕刮自己三下嘴巴子，都是點到即止。

「哼……你以為那算慘了嗎，就在上週而已，玉珠姐騎車經過那條巷子，被牠們嚇到摔車！頭部啊、手腳全是傷。」她憤慨的肢體動作，差點揮到一位端著湯經過的伙計，她朋友急忙將她拉開，順口也補上自己的版本，「我表弟的小兒子，那次恐怕是被嚇傻了，帶到廟裡收驚後還痴愣愣的，才幾歲大的孩子，可憐啊……」

一桌子的人還在那你一言我一語的，小四只得往暗巷的另一端開溜，沒想到是條死路，正回頭躊躇著的當口，撞倒了老闆拉鐵門的鐵桿子，發出震天價響。

「誰？」老闆率先離桌查探，幾個人也陣勢洶洶的緊隨在後，小四心想自己難逃此劫，人們的新仇加舊恨必會一股腦兒的向他潑發，卻也似合該如此。

黑暗中，小四的一雙眼睛如狼眼般銳利，一位婦人眼尖驚喊：「惡……惡狗啊！」老闆原本緊握住的棍棒被她一吼給嚇跌了，又哐啷一聲。

眾人聽聞齊聲吼叫：「快逃命啊！」紛紛往後竄逃，但情急之下不免你推我擠，暗巷原也窄逼，又估不清裡頭還有多少隻惡犬，因此更加有種逃之唯恐不及的倉惶無措。

老婦人的左腳給自己右腳絆倒了，一頭撞上老闆的背，將他嚇得往前暴衝，推倒一箱廚餘。溫熱的湯汁潑灑四處，年輕人為了躲避反而踩到才扔下的果皮，騰空翻跌終於站穩，又橫遭劉太太慌忙裡的一記拐子，現場一塌糊塗。

小四見狀，飛也似的開溜，一個箭步已經在人群之外了，只聽見後方隱約還傳來陣陣喧鬧，鐵器木棍砸擊地面的聲響已逐漸退到遠處，他才放慢腳步。

他們口裡的惡霸都是他的弟兄，他再不覺得威風了，那恐懼的一張張臉龐已經無法讓他洩憤，因為他心裡根本沒有恨，只有倦怠和厭惡。

在阿吉近來的轉變裡，他像看到自己生命的縮影。仁叔以往常嚇唬他們，動不動就作勢要打，有時也還真打。可爺只得黯然帶著他和二哥離開，他告訴自己再也不受那種窩囊氣，他們也確實做到了，還一併吞下百漢山的勢力版圖，自此之後百漢山再也不歸大刀他們管。

昨天他看到仁叔帶著朵拉，一會兒幫她抹臉，一會兒替她擦腳，時不時就怕她餓著了，像變了個人似的。再見到小四也沒有拳腳相向，或許是認不得他了？不過看得出來，仁叔對魚市那幾個孩子也挺照顧的。所以到底怎麼了？……小四以為的事情都不是原本的樣子了。

他突然想起阿金，溫熱的臉頰上立時堆滿了笑容，「那傻丫頭倒也挺熱心的，像什麼事都歸由她管，真是不知天高地厚……」

小四踏著無魂的步伐又回到北富魚市，還沒想到再次造訪的藉口，阿金已經遠遠朝他狂奔而來。

「小四哥！」自從來到沒有長官的世界後，阿金學豬皮改叫小四為小四哥，她開始喜歡這片新的天地。餓了就開飯，睏了就打盹，完全不受時間和空間的限制，原來這種感覺就叫作自由。

雖然阿金老講一些大家聽不懂的外星語言，但往另一個角度想，她的出現，也為這一成不變的生活注入了不少新鮮事。事實上，她的某些堅持還挺好的。豬皮今天費了好大的功夫把身子清理了一番，白肚子也不再輕易外露。朵拉學習了優雅的站坐姿態，民雄發現並不是大聲講話就比較具有說服力。

阿金受過正統教育，有時也會教大伙兒識字，偶爾糾正他們的咬字，像「金象泰國美食料理」，豬皮總是唸成「金樣泰式料理」，華弟就更為高超，他自行發展出一套獨特的文字美學，抽象化之後的再定義版本是「匠國料理」。

小四已經連著幾晚沒回去，賴在北富魚市的感覺真好，他拖著軟綿綿的身子，在地上滾啊滾的，豬皮也湊上去有樣學樣。

阿金看著卻直搖頭，怎麼也不肯嘗試。

「來嘛，來啊……」

任他們如何慫恿著，她依然保持那直挺挺的身態。

「真無趣……」小四試圖用激將法，目光瞟視著阿金，看看她會有什麼反應。

阿金只是從容的說：「長官說貪玩會誤事。」

「會誤了什麼事啊，這裡可沒什麼事。」小四不以為然的對著其他孩子們說，大伙兒都很同意在這太平盛世裡，能有什麼事。

「這裡啊，只有吃不完的食物。」民雄也湊上了一腳，隔空對角落處大喊：「是不是啊，豬皮？」豬皮瞪了民雄一眼，那天吃了那塊讓喉頭癢癢的肉之後，這幾天都沒什麼胃口，一看到肉就想到三頭鬼。

「千萬不能掉以輕心，長官說任務往往都是在無意中發現。」只見阿金敏銳的撇過身附耳諦聽，沿著水溝的管線一路嗅到排水孔處，孩子們都為這怪異且神經兮兮的舉止倒抽一口氣。

小四看那模樣挺新奇的，笑問：「那任務做了有什麼好處？不如我也來做幾個。」眼底下又似有幾分認真。

阿金搖了搖頭，像是不明白，抑或是不認同小四的話，她背台詞般的道出：「長官說任務不好……那代表不好的事情發生。呃……最好都不要有任務。」

小四茫然的抓耳撓腮，心想怎麼一會兒好，一會兒又不好的。阿金也被他這麼一問給搞混了，半晌才恢復堅定意志，眼神直發亮著說：「總之，長官說我為人人，人人為我，這是我們隊上的宗旨。一定沒錯。」

「還有隊哩……」民雄突如其來的一句讓孩子們又齊聲哄笑成一團。

小四沒再說什麼，其實「我為人人」這四個字他聽阿金講過好多遍了，在每一個她懷念長官的夜晚。他記得朵拉說過仁叔家裡有台方形的機器會發出許多令人著迷的影像和聲音，他懷疑阿金是因為長時間對著那台機器，才總是說出奇怪的話。但久而久之，他發覺阿金除了講話怪異，舉止奇特，心態更是完全不落於正常，而那樣的不正常卻像有種莫名的魅力。

小四天生天養慣了，眼裡只有自己，只有三餐溫飽和地盤爭奪戰爭，阿金的話聽在大伙兒耳裡，固然是個趣味，然而在他耳裡卻不禁流轉著無限憧憬，一個新世界，一個新身分，一個新的小四，呵……他尷尬的笑了笑，臉上一陣熱辣辣，像做了什麼見不得人的事。

只是他怎麼也想不透，長官若是那麼好，她又怎麼會流落到這兒？

阿金低著頭沉思了些會兒，突然急忙著說要去找長官。小四知道攔她不住，只能任由她去，心下雖然有些不放心，但也不好當著大家的面就跟了去。他去那幹嘛呢，那又不是他的長官。

小四一直看著阿金的背影走到好遠，心裡虛飄飄的，好像也跟著去了。麵攤張媽大鍋勺一放，哐啷一響，熱湯灑了幾滴燙到小四尾巴，「哇，這些人怎麼這樣的……」一位穿花裙的小姐發了一張傳單給張媽，小四還沒看清楚那裡頭的內容，就被張媽揉成一團給丟了。

她打包了一碗麵走到馬路對面，忙著搭問路人。

過一陣子她也不發了，倚在一台機車旁，正反凹折那些傳單，把它們弄得像把扇子一樣啪嗒啪嗒在風裡吹拂，隨即嘆了口氣，明知是無謂的掙扎也還是繼續掙扎著。

小四拉長脖子緊盯著那小姐看，「你說她手裡拿的那些是什麼？」

「多半是傳單吧。」朵拉常看到仁叔的信箱裡塞滿了花花綠綠的廣告紙，見多了自然也不感稀奇。

「不……不，我是說裡面的內容。」

禁不起小四一再追問，朵拉匆匆瞥了一眼，卻馬上認出她來。

朵拉又湊得近了些，「真的是她！」

小四從沒見過朵拉如此不帶善意的神情。他哪裡知道這位著花裙的小姐更過分，對待他們還不如街邊又臭又髒的垃圾，沾到一下就會中毒似的，阿吉因此對她恨之入骨。

朵拉接著又補上一句，「對了！她很不喜歡我們，你別惹她。」故意轉身背對著，像是一種無言的顯示不滿的方式。

誰知道一轉頭小四已經穿越馬路。

那小姐站起身準備要離開了，手裡只剩下幾張傳單，被她捏著一角隨風擺盪，小四尾隨在後，跟著她擺動的手左搖右晃，極目想看清傳單裡的相片，然而就是無法，還得記得要保持一定的距離。

終於她在紅綠燈前歇了腳步，在傳單靜止晃動的同一刻，小四喊了出來：「阿金?!」那裡頭的圖案正是阿金。

那小姐看到小四貼得那麼近，彈躍幾步嚇到魂都要飛出來了。

小四試圖將眼前的她和阿金口裡的長官相連，竟有些難度，他拉高分貝又叫了一聲：「長官?!」

這時綠燈已亮，她先是競走然後變成快跑，狼狽不堪的逃離了現場。

小四欲追上前去，一台機車搶在前頭橫越過他，轉眼間那小姐已隱沒在海產店旁的巷子之中。

太陽緩緩往西方沒入，天地間忽地一黑，令北富魚市更顯得疏落蕭條。

小四在人行道上來回踱步，本來打算等阿金回來之後便趕回百漢山總部，沒想到阿金卻一去不回。是因為找到長官了嗎？……

不，不可能，他才見過她長官，那位著花裙的小姐並不是往百漢山的方向去。那麼阿金是走丟了？還是又給人騙了去？……他越想越不安，急得焦躁頓足。

原來阿金在崇陽隧道旁沒見著長官，卻遇到了一位新朋友。他比阿金更為壯碩一些，金黃色的毛髮在風中飄逸閃亮，指甲修剪整齊，一副乖乖牌模樣，不用問也知道是個備受疼愛照料的孩子，卻怎麼會單獨在這裡出現？……

他在溪邊喝了幾口水，退開數步，一屁股坐在地上，嗚嗚的哭了出來。阿金照慣例前去詢問。

他就像答錄機系統般開始了他的自我簡介：「我叫寶寶，上個月剛滿一歲。我媽媽叫湘如，家裡住在水臨門社區A棟……」說到這，他又哭了起來：「媽媽她……我和媽媽走失了……」

阿金思忖了一會，「怎麼回事呢？」

只見寶寶遙望著天空某一角，試圖憶起才剛發生的混亂的一切，「我和泡泡在玩，呃……妞妞也在，通常我們只是跑跑，媽媽說不能咬。然後泡泡說巴弟是壞蛋，我不開心，撞了他一下。」

阿金張大了嘴，暗自揣度他的體重加上一些速度，這一撞可不輕。寶寶急忙解釋：「只用鼻子而已，嘴巴沒有張開。然後媽媽打我……」他哽咽著又說：「很用力打，她說我壞。」

阿金搖頭晃腦，不是很能夠理解寶寶所敘述的一切，長官從沒有打過她，只有獎賞和不獎賞之分，而通常她都能夠順利獲得獎賞。

「媽媽把我關在車子裡，妞妞還在那說，巴弟欺負別人，是壞蛋。」他收了淚，堅決的說：「我不信，巴弟才不是壞蛋。我就要去找巴弟來證明給他們看。」

阿金跨前了一大步，關切的問：「找到了嗎？」

寶寶眼中含著淚光，不住的搖頭說：「我想要回家了……」

「不找了？」阿金突如其來的一問，寶寶愣了一愣，「我想先回家，然後再去找。叫媽媽帶我去找。」

阿金陪寶寶折騰一整個晚上，終於將他安全的送回家，小四為了等阿金回來也折騰了一晚，和大伙兒東聊西扯，把傑老大可能是三頭鬼的事都透露了。

豬皮率先發表意見，「不可能！要是傑老大是三頭鬼，阿吉怎麼可能沒發現。」

「就算發現了也不見得什麼都和你報告啊。」民雄說。

「波哥該不會就是發現三頭鬼的祕密才無故失蹤吧。」阿亮越講越膽寒，波哥那麼壯碩都能遭遇不測，更別說他們這幾個了。

「那之前有幾個外來者說不定也不是離開了，難道也……」豬皮最討厭了，剛才還希望他多提出些反證，結果講沒幾句翻盤就算了，還把這些往事提出來。

「總之我相信阿吉。」鐵頭說。

「相信阿吉有什麼用，傑哥才是三頭鬼啊。」

「自從傑老大不見了之後，好像夜裡那些怪聲音也跟著不見了。」

人家是真相越辯越明，他們是越扯疑點越多，小四決定回去和肥豹追問這件事。

11

隔天一早，小四趕回百漢山總部時，聽聞噩耗險些厥了過去。弟兄們全哭成一片，就連阿吉在內。

「阿吉，我……怎麼……我……」小四想要說些什麼，可數次啟口都泣不成聲。阿吉頷首不迭的表示意會，淚只是自顧自的往下掉，其中感傷的成分更深更廣。

這一場浩劫來得快，去得也快，悄默無聲的便帶走了十三條性命。

可爺一臉哀容的走了出來，「我一早已經通知弟兄們要加緊防範，沒想到還是不敵……」他搖了搖頭感嘆，「命啊，這都是命……」

天災往往比任何一種災難都來得凶猛無情。前一晚寒流來襲，氣溫驟降了十度，加上山上水氣厚，又比平地凍寒了許多。連夜的幾場大雷雨帶來豐沛的雨水，挾帶大量泥沙從山上崩落，廢墟的半邊頓時已成了山的一部分。弟兄們飽經這一場驚嚇，黑暗中還未及點清失蹤的弟兄人數，溼透的身軀還得承受雨水狂淋，可想而知情況是多麼的慘不忍睹。

小四伴著肥豹那胖墩墩的屍身，懊喪悽愴，飛魚背過身，像是無法面對那一切，埋怨著哭喊，「我叫他和我們一起睡，他就是不肯！為什麼這麼固執……」

原來肥豹因為飛魚向阿吉靠攏而極為不滿，賭氣不願和他們挨在一塊取暖。沒想到逃過了土石流，自己一身渾厚脂肪仍敵不過區區幾度溫差。小四想起肥豹與他孩提時的過往，歷歷在目，歉疚得不知如何是好。早知道肥豹會將他和阿吉的事看得這麼認真，昨晚他拚了命也該趕回來的……

另一邊，可爺也對著老莫冰冷的屍體黯然神傷，阿吉守在一旁，心裡承載的情緒更為複雜。其實老莫的死不全然是天氣的錯，他已經病了幾天，那橡皮圈子像刀一般鋒利，往老莫嘴邊的肉嵌進了一圈，不幾天已勒到見骨了，沒有弟兄有法子幫忙。這是流浪者的大敵，一旦被圈上了，就彷彿死神臨門敲，註定難逃此難。這有時是人為的，有時卻也不是。阿吉在北富魚市見過一次，那次鐵頭貪嘴，吃完便當後，嘴一抽出飯盒，便不巧被圈中了。他病了兩天，還好仁叔及早發現，幫他除去橡皮圈子。

然而老莫卻沒有這麼好運，他是被人算計的，寒流來臨的前一晚，他知道自己難逃此劫。阿吉臥在老莫身旁說：「莫叔，你撐著，我帶你去北富魚市找仁叔吧，他會救你的。」

老莫氣若游絲的說：「阿吉，你別忙了……」

阿吉搶著應：「不忙……從這裡到北富魚市頂多就二十分鐘，跑快點十分鐘之內應該可以到，莫叔你撐著……」

「不。我是說傑哥的事。你別忙了……他確實不是什麼好東西，為他做什麼都不值得。我們鬥不過那些人的。」

常言道：「人之將死，其言也善。」這些話老莫早就告訴過阿吉了，這次他說得更為懇切，將傑哥如何無情的把狗兒捉去鐵皮廠，如何與廠裡的領導掛勾，狼狽為奸的將同伴抓去繁殖，用畢了便屠宰成肉塊或摻進肉品裡。

阿吉想起大刀曾對他說過一句話：「傑哥……哼，還不是得聽我們老大的話！」那極為普通的叫囂早已透漏了這天大的祕密，再加上大刀身上的那股氣味恐怕也是來自於老莫口中的鐵皮廠。

「不可能……不可能！」阿吉微弱的抵抗著，狂笑幾聲，想起傑哥總不讓他吃客人用剩的肉渣，是怕他無意中吃了同類嗎？多麼有良心啊……阿吉笑了幾聲便哭起來，是無聲淚，在他還來不及看老莫最後一眼前，他已經氣絕。

可爺守著老莫淚不停歇的喚叫：「小老弟啊，小老弟……我不該叫你來的……」

老莫想要盡可能的留給可爺一個微笑，然而終究沒辦法，他最後對可爺說的話，「別……別恨了，好嗎……」此刻還在可爺腦裡嗡嗡縈繞，一點一滴吞蝕著可爺心中所有的情緒感受，他亦無力再恨了。

仇恨二字此刻於阿吉而言卻更勝以往，他將眼下這一筆帳連帶附上，絕不放過，倘若放鬆了，哪怕是一刻都會讓阿吉感到自己的崩散瓦解，這些是他僅有的維持生命整體的支撐了。他無法接受眼前的滿目瘡痍，朝山下狂奔而去。

清晨的陽光報曉，暗夜已去。豬皮緩緩從一塊廢棄紙箱堆中踱出，然後是阿蒙、民雄、華弟、阿亮和鐵頭等，幾個孩子被壓到身子都快扁了。

「我的天吶，這裡確定是北富魚市嗎？」阿蒙環顧周圍，看著眼前被狂風吹散的一切，豬皮瞠目結舌，愕然望著一棵倒塌在人行道旁的樹，和帆布被吹掀了的海產小吃攤，張媽的推車也被狂風挪移了幾尺遠，所幸用鐵鍊拴住了，現場一片滿目瘡痍。

豬皮他們幾個孩子趁魚市還未開攤前，一邊覓食一邊嘻笑玩耍，你推我擠中碰的一聲，把什麼東西給撞倒了。

「好了吧！」民雄責備的語氣，讓幾個孩子頭壓得低低的。阿金事不關己的瞥了他們一眼，轉而找尋剛才那一聲響的來源。她走到「黃金干貝宅配」的布簾下，看到一箱雜物跌了一地，正是剛才的連環碰撞造成的。

吱吱……吱……幾隻小老鼠恐怕也是餓了一夜，跑出來大啖干貝屑，被阿金嚇了個魂飛魄散，一溜煙鑽進隔壁攤位底下，撞出哐啷幾響。好奇寶寶阿金又往前邁了幾步，往鐵架底下猛揮掌，終於一條皮製的項圈滾了出來。

「阿……吉。唔？……」她讀出上頭的字，卻不知道那究竟是個人名地名或只是物品的名字。

「去去去……」阿成哥風塵僕僕的趕來，拿著掃帚驅了幾下，阿金和孩子們紛紛四散逃離。

這是一個蓬勃生氣的早晨，幾台人力板車吱嘎駛過地上的碎冰和魚鱗片，賣海產乾料的阿成嫂緊跟著抵達魚市，心中像是早有預料般，毫不囉唆便動手拾起地上雜物。接著張媽、老楊、月姊等紛沓而至，幾個人捲起袖子就開始清潔收拾。大伙兒講起昨晚的風雨雷鳴時，都依舊膽顫心驚，多講了幾句便又苦笑了起來，三言兩語中，魚市漸漸恢復原來的樣貌。

阿成哥放下掃帚，帶著一絲狐疑眼色，轉身對阿成嫂問，「是不是那一箱？」月姊搶在前頭伸長脖子一看，「哎呀，一定是了啦。昨天傑嫂在電話裡問傑哥有箱東西是不是還擺在這，我告訴她沒看見。快快……誰快幫她收起來。」月姊口吻裡的急促完全沒在動作上顯現，彷彿整個人不在同一個拍子上。

「阿傑的？」阿成嫂說到傑哥時，聲音微微震了一震，那膽寒的音線裡彷彿藏有弦外之音。

魚販阿榮也跑來湊熱鬧，只有他真的動手收拾紙箱，心中的五味雜陳流露於他的每個小動作，阿成哥從沒見過他如此細膩的一面。

「阿傑這人對朋友確實不壞……」阿榮還在那喃喃的說。

「可他幹的那些勾當……」張媽欲言又止，這事不說也罷，除了傷感情外沒別的用處。

「仁叔怎麼說？」阿成哥向阿榮追問。

阿榮細細的回想，「這次他反倒沒說什麼……」

「人都死了，還能怎麼說。」也不知道是誰接了這句。

平時就數仁叔最看不慣傑哥的所作所為，總是一副要釘死傑哥的模樣，幾次向派出所告發他的惡行卻都被打了回票，畢竟那是個三不管地帶，誰也不會認真的看待那種事。有幾次講到氣處，仁叔還口不擇言的咒罵傑哥不得好死，現在可好了……

「也許冥冥之中……真有人家說的那些個因果。」阿成嫂面朝天空，語重心長的緩緩道出，這話就像是句點般瞬間把話題給收了，然而裡頭暗藏著無盡的刪節號，每一個點都飽含著驚愕。

豬皮透過鐵皮間的縫隙在一旁全程關注著，可惜重點部分總給臉色或是某個肢體動作給取代，他完全不理解他們在說些什麼。

仁叔雖不至於因為傑哥的死而感到惋惜，但他畢竟不是那樣惡毒的人，他這是對事不對人！對於自己陡然成了貓貓狗狗的守護者，他並沒有太多的想法，他還在學習用阿珍的視野看這世界，就像她每一天還在他身邊細細碎念那些小動物的一切。

朵拉昨晚也睡得不好，雷雨聲中又想起阿珍。她心頹氣喪的往便利店的方向踱去，期待奇蹟會在今日降臨。

「早啊！朵拉姐！」阿金洪亮如鐘的一聲招呼，朵拉卻像毫無聽聞般轉出魚市的牌樓。

「等等！我想問什麼是阿吉啊？阿吉是誰？又或者阿吉是個地方？……」阿金由叫嚷轉為自我呢喃，她以為朵拉走遠。沒想到朵拉的身影硬是倒退了回來，「唔……你問這個做什麼？」

「我撿到一個東西，上面寫著阿吉。」她啣起皮項圈往地上一吐。

朵拉驚愕的望著那皮圈，這是個慎重的表示！她記得阿珍撿到她的幾天後，她頸上便多了這一圈，極具象徵性的一環，那代表了一個家。

原來傑哥是真心打算給阿吉一個家。

她倒抽一口氣，想起自己如何將那曾經屬於阿吉的家批評得一文不值。

阿吉就是聽了那些話才變成現在這樣吧？……她感覺自己像個愛的剝奪者，硬生生將阿吉給抽空了。

「我得去找他。」朵拉慌亂的聲線中參雜一絲哽咽，她希望一切不會太遲。

阿金不放心的追了出去。她無暇攔阻，於是就讓阿金一路跟著。

跨越了七彩橋是另一個完全陌生的環境，從下橋的那刻起，朵拉神經一直緊繃著，她得顧著阿金，又得從過往的記憶中挖掘出小四和她提及的點滴。

「這就是富華街嗎？」阿金探頭探腦的穿梭在路燈之間，眼裡毫無懼色，幾雙不友善的眼睛躲在暗處窺視著她們，正躺在砧板上的她們倆卻渾然未覺。

「我想是吧。等等，你別亂走。」朵拉閉著眼回想，小四似乎提過阿吉專門負責維護富華街的秩序。當時朵拉還問他那是否類似全叔的工作，他支吾著把話題帶過了。

全叔是百齡公寓的保全，總是穿著深藍色的保全制服，腰際上掛著一支警棍和無線通訊器。而這裡只有一批穿著螢光背心，上頭印有「文興里守衛隊」字樣的熱心媽媽們。

朵拉正兀自苦惱著，一轉眼，阿金卻不見了。當朵拉在遠處某角落瞥見阿金的身影時，幾個彪形大漢已然將她團團包圍。

她惶急趕至，只聽見阿金說什麼四哥，那些弟兄們的臉色一個個變得喜眉笑眼。某個弟兄朝遠處的鏡面建築努著嘴說：「你走出富華街後，往右拐，走大約兩百公尺，看到一間二十四小時的量販店繼續往前走……」

從阿金嬌憨的笑顏裡，朵拉恍似看到幾分阿吉的影子，然而她幾乎忘了，阿吉早已不那樣笑了。

12

阿吉從百漢山總部疾奔而下，在低溫裡跨越溪流，溼透的毛髮碰上冷風把體溫又帶下去幾度，可他心頭卻像火燒般餘悸猶存，面對生與死的交界，他一點力量也施不上，只能帶著滿肚子癱軟的憤怒奔逃而去。

他又失去了一個家。他早已不是巴弟，不是阿吉也不是刀疤吉，那他是誰？

他順著公路走走停停，一路走到西區的夜市，也許是一股負負得正的扭曲心態使然，他發覺自己需要做點什麼去抵消那樣的悲傷，這裡是他最初的家，過於熟悉的一切總是怵目的，他不知道自己準備好了沒。

「來呦，好吃的米粉，來呦，貢丸湯豬血糕。」有名婦人高聲招呼，倏忽間有另一把男聲此起彼落的迴盪著，「正宗祖傳台南小吃呦，五十年老店，來來來，裡面坐比較暖。」那男人成功招攬到在之間猶疑了許久的客人，急忙將杯碗盤碟俐落的疊起，拿出大抹布刷地將醬料廚餘和紙碗盤都掃入塑膠桶中。而那米粉店的婦人卻絲毫不動怒，早已經轉至其他目標努力。

夾在兩間店面之間是個竹製大牌樓，兩旁街燈忽明忽滅的閃動幾下，阿吉才倏然憶起此行的目的。冷颼颼的寒風夾帶著毛毛細雨，天又似轉涼了些，輕便雨衣和雨傘紛紛傾巢而出，絲毫不減饕客們的款款熱情。

老闆將臭豆腐從油鍋邊緣放手一滑，鍋裡馬上迸發香氣四溢，老闆娘豪邁的灑上一堆泡菜。

「老闆，這裡再來一盤。」

「誒，好！」

接下來的幾個小吃攤亦是同樣的景況，一盤盤美食在寒天裡冒著白煙，香氣逼人。天還未完全暗下，許多店家已開啟招牌上的霓虹燈，閃閃爍爍像眨著眼睛在笑。阿吉朝地上啐了一口，他記得這裡，杜老爹的樂園就在夜市的最後一條巷子裡。

以往他總是和一窩的孩子上演鐵碗搶食的戲碼，搶不到就得餓肚子，有時餓一個下午，有時得餓上一整天。他厭惡那些人嘻笑的嘴臉，像他們的生存機制是供給人們作為觀賞和娛樂之用。

他悻然的走到店正門時，卻愕然見到杜老爹貓狗樂園已然成為嘉興魯肉飯，當頭就是一個霹靂！

「哎呀，真可惜，這家寵物店的東西很便宜。」一旁有一對小情侶喃喃的說。

阿吉對這裡當然無從抱有不捨的情感，在那一批孩子都走掉之後，他被單獨關在逼仄的鐵籠裡舉步維艱，店員總放他出來耍兩圈又關他回去，沒人喜歡他，他也不喜歡人，周而復始，唯一的不同就是鐵籠又變得更擠了，是他變大了，聽店員說還會更大，曼萍癟著嘴埋怨什麼似的，可是這正合了子軒的心意，子軒摸他的頭和他玩，他起初也提不起勁，可是他巴弟巴弟的猛叫他，叫到他都覺得有趣，那一晚他得到了一個家和巴弟這個名字。

可現在呢？……

只能說一切美的事物都會消失，永恆不變的是醜陋，變幻成不同形式散布在我們的生活裡。天空逐漸暗去，夜市的店家紛紛開業，那樣的歡笑聲不適合他，阿吉識相的自動閃至陰暗潮溼而安全的角落暗處，沿著那暗處再往更暗處走，一股血腥夾雜著酒精味從地下排水溝飄出，阿吉小心翼翼的循著排水溝裡的氣味，走了數百公尺，早已脫離夜市的範圍。

他回頭望了最後一眼，將過去的繁華拋在腦後，朝一片來自幽冥般的黑暗踱去。穿越了一條山間小路，也不知道走了多久，在光亮下一次顯現時，眼前出現一片佔地頗廣的廢墟，裡頭隱約有三四間殘破的鐵皮屋相連著，被虛掩在一片未經砍伐的樹林中。

他聽到許多同伴在哭泣，泣聲中有虛弱的哀嚎、也有憤懣的吼叫。鐵籠子被抓得喀喀響，這鼓噪一籠傳至一籠，就像火舌竄行那般快速，躁動聲此起彼落。只聽到有一人叫囂：「媽的！再吵！把你們一隻隻給剁成肉醬。」接著拿鐵棍猛擊鐵籠子，發出幾聲震天價響。很快的，廢墟中又回復一片寧靜。

阿吉退了幾步，不敢貿然前進。剛好有輛小貨車駛進廢墟，貨車廂上印有杜老爹貓狗樂園的商標，原來這裡便是樂園的供給站。

回想當初受重傷的那一陣子，阿吉不由得打了個寒噤，他依稀記得遇見傑哥之前，就被囚禁在那樣一個猶如幽冥鬼府般的地方。那段時間他幾乎日日昏迷，沉痛中醒來又睡去，吃喝拉撒睡都在暗不見天日的牢房。記憶中酒精氣味和哀號遍野的每個夜晚，原來是這麼一回事。

那一天若不是陰錯陽差被傑哥所救，此刻他也在鐵籠子裡哀嚎嗎？或已經被剁成了肉醬……

而阿吉不知道的是，那天傑哥根本無意搭救他，若不是繁殖場的阿良大意，將他認作肉狗要抓去屠宰，再加上那天有個大買賣，導致人手不足，他根本不會有機會脫逃，更不可能趁亂中神不知鬼不覺的跳上傑哥的貨車，編織這一場美麗的誤會。

所以傑哥真是三頭鬼？就算他是三頭鬼，捉走過他們無數個同伴還將他們攪成肉泥，可是他救了阿吉的事實也是千真萬確啊……

阿吉朝著密布溼氣的雲端怒嘯了幾聲，一切都變得混淆不清，除了一件事！大刀那助紂為虐的走狗，他勢必要將他碎屍萬段。

這一個沿岸廢墟離百漢山總部其實並不遠，剛巧在山的另一面，他竭力回溯著才走過的捷徑，恨不得立馬拉大隊進攻，一舉殲滅這鬼地方，沒想到這樣的雄心壯志在下十個步子內已蕩然無存。

黑暗中傳來幾聲咳，阿吉驚了一驚，這副沉穩的聲音阿吉一輩子也忘不了，他直奔那咳聲的出處，正是消失了好一陣子的波哥，在隔牆的另一端喘歇著。

「波哥，真的是你嗎?!你都到哪去了？」阿吉透過鐵窗輕喚，從鐵桿間隔中瞥見波哥。他大吃一驚，波哥以往的颯爽英姿已全然消失殆盡，兩鬢銀白色的毛髮黯淡無光，只是一臉的慘然，就眼前的波哥而言，阿吉只看到枯槁和憔悴，或許蒼老也有一點。

波哥依舊毫無回應。

「傑哥他……」阿吉哽住那幾個字，就像只要不把話說死就還保有一線生機。

在片刻的靜謐後，波哥終於開口，「我碰見他了。」

「傑哥?!」

阿吉沒看出這短短五個字得耗費波哥多少的勇氣，他不止碰到傑哥，還見證了那一晚所發生的一切，可是他又能怎樣？

「我明白他對你來說有多重要……或許，我們都得學著看開點。」

這類節哀順變的安慰話語阿吉聽過太多，但出自波哥口中就變得很不一般。波哥真的懂。他知道那晚情勢有多危急，他知道傑哥費了多大的氣力才將躺在血泊中的阿吉救離現場。波哥的出現彷彿讓那晚的種種畫面又變得鮮活起來，一陣酸楚在阿吉鼻眼間盤桓定格，直到某句話像魔咒般將它徹底炸垮。

「過去的就讓它過去吧，不用再找他了。」波哥冷冷的說，毫無餘力察覺阿吉內心的九彎十八拐。

阿吉欲再追問，但木棍重擊鐵籠子的聲響越逼越近了，「幹什麼幹什麼……你們吵什麼吵，全都給我閉嘴！」像是虛張聲勢，不一會兒那人就離開了。

鐵皮廠設在這偏遠地區就是為了要掩人耳目，但自從政府開闢了那條公路之後，這裡經常有車流，也開始有些人煙出現，老杜就怕萬一，才會緊急通知他們先撤離那些貨櫃。

「你還是快走吧。」波哥說。

阿吉哪裡聽得進去，他反正已經沒有了家，這條命豁出去又如何，他現在滿肚子怨氣正想找誰發洩，後院正好傳來幾聲叫囂，阿吉認得那聲音，他加快步伐往鐵皮屋子後方奔去。

後院裡鐵網罩住了一塊佔地頗廣的草皮地，大刀被拴在鐵網上，已將鎖鍊給撐到緊繃，蠢蠢欲動像要破鏈而出。

阿吉發現鐵網內那兩片木板挨著枯樹搭起的遮掩裡頭似乎有些光影浮動，他極目想要探視，沿著鐵網嗅了一圈，有陣刺鼻的異味忽隱忽現。

大刀又將鐵鍊子拉得更緊了，奮力將另一端扣住的鐵網扯得鏗鏘作響。他將鼻頭皺起，露出尖銳的獠牙示威。阿吉亦低吼著，前半身往下趴，擺出蓄勢待發的姿態。

眼下這環節，阿吉也沒打算和大刀來什麼公平決鬥了，他得速戰速決，然後看看能不能把波哥也救出來。

差了一些！終究是沒逮著這個便宜，那被繃扯至極點的鐵鍊應聲斷成兩截，鐵網被大刀扯下半邊。大刀挾著一股從鐵網內飄出的惡臭飛撲而來，和阿吉扭打作一團。阿吉被那刺鼻的氣味嗆了幾口，讓大刀佔了先機。

13

阿金狂奔至百漢山腳，那是她第一次遇到小四的地方，方圓幾里杳無人煙。她又往更山邊走去，好不容易才遇到兩個弟兄領她至百漢山總部。

小四還在為肥豹和老莫的死黯然神傷，遠遠看到阿金突然有股異地見舊友的澎湃情感，而那感覺並未維持太久。

阿金萬分焦急的要將事情的原委一股腦噴吐出來，但也不知道是心急哽著了，或者是她太過於注重細節交代的部分，導致一段話說得零散，毫無章法。

雖然阿金在長官的訓練下見多識廣，然而這件事實在太出乎意料之外，她們才剛走出富華街，她獨自漫步到電線桿旁收集訊息，朵拉則探頭遙望遠方是否有量販店的蹤跡。突然一陣剎車聲把她們倆都嚇住了，那些惡匪擁有她們前所未見的狠勁。

才轉瞬間朵拉已被網住。

又一秒，他們已連狗帶網一收，車門滑上，馳騁遠去。

經過小四的引導，他們掌握了重要的線索！那輛卡車多半是往隧道口那方向開去。

小四抄了條捷徑，爬上山坡，再切入一條崎嶇的羊腸小路，所幸這對於訓練有素的阿金來說完全不成問題。

「有了有了，在那裡！」阿金興奮的指認出上頭印有「杜老爹貓狗樂園」字樣的貨車。小貨車正暫停在一家南北雜貨行店門前閃著黃燈，這為他們爭取了更多的時間。

小四顧不得坡度的陡峭，半走半滑半滾的下了山坡，岩石樹枝毫不留情遍刮他全身，但節節飆升的腎上腺素替他免除了疼痛感。阿金在後方一路追趕，沒想到小四平時那副懶骨頭模樣，跑起來竟像風一般快。

一下到平地，小四忙著橫跨公路，沒注意到右前方閃著大燈的連結車，差點就給撞上了。他退了一大步，等車身完整消失在眼前時，他聽到了有如催命般的引擎聲。

「該死的！快啊……」小四暗自發愁，然而車子早已加速離去，消失在左前方的公路上，遙望過去只剩一個小黑點，進了隧道後就什麼也見不著了。

他們也跟著跑進隧道，一台又一台汽車在耳旁呼嘯而過，小四被一股絕望深深籠罩，在隧道裡越跑越空虛，隧道盡頭是一片嶄新的天地，那一片光亮可帶他去任何未知的地方——換言之，就是沒有個確切地方。

他站在三岔路口萬般迷惘的當下，有一個移動迅捷的不明物體，如流星般往小四身旁劃過，「跟我來。我知道在哪！」那流星正是阿金，她在混亂中記起了老長官曾教過她的那些辨識技巧。

幸運之神無疑是眷顧著朵拉的，今日鐵皮廠似乎有些外派行動，此時廠內空寥無人。那司機將車子停靠屋邊後，還來不及安置關在車後的朵拉，拎著褲頭憋了一肚子中午吃的麻辣鍋料，一拐一拐的晃進屋內。

狗兒們一陣亂吠，他慌忙中還抄起根木棍探查有無異樣，才拖了半分鐘，差點毀掉這件褲子。

小四和阿金在寒天裡迅雷奔馳，片刻間已達鐵皮屋前。眼前除了鐵皮屋，還多出兩個並排著的貨櫃。

樹葉被吹散一地，他們每一個腳步都把落葉踩得喀喀作響，眼前兩個貨櫃突然都有些動靜，小四卻不知朵拉身在哪個貨櫃裡甚是苦惱。這時阿金發揮了她最被看重的能力，穿梭在貨櫃間，大鼻頭隨著感覺扭動，一下子就偵查到朵拉並不在任何貨櫃之中。

阿金飛身撲向停在屋邊的小貨車，朵拉聽到救兵來了，在鐵籠裡橫衝直撞，來不及闔緊的車廂門一撥就開了，阿金竄進車廂的一片黑暗，火速找到朵拉，連拖帶拉的將整座鐵製牢籠都給扯了下來，動作之敏捷，彷彿她曾受過專業的「拯救朵拉」訓練。

鐵籠禁不住猛烈搖晃，扣鎖早已鬆脫，朵拉應聲跌落，在地上滾了一圈，所幸安然無恙。

這時，那男人喊了一聲：「阿良?!是你嗎？」似乎也聽到了聲響，然而他痛苦的呻吟似乎也顯示了他還需要更多清理腸胃的時間。

「我們先離開這吧。」阿金連番提醒，然而小四的目光像是被吸附在這些貨櫃上，心不在焉的在貨櫃間來回踱步，不時試探著吠吼，側耳諦聽。

「走吧。」朵拉亦心急催趕著，在草叢中不知踩到了什麼，驚吼一聲，但被遠方靠近大馬路那端的轟隆聲響蓋過。

連結車開進廠內，不一會兒已將往右數起的第一個貨櫃拖起，輾過一堆雜草，駛上小石子路消失在視線範圍內，而同步消失的還有小四。

一台與貨櫃車錯身而過的自小客車緊急調頭，裡頭的老者將頭微微探出車窗，敏銳的直覺告訴他那貨櫃裡頭並不單純。

載著一行四個人的小客車，急忙放下兩個，車輪在泥濘上空轉了一圈後便掉頭往馬路直飆而去。

朵拉和阿金相顧愕然。

朵拉這才醒悟，方才跟在貨櫃車後頭的一串飛毛並不是幻覺，小四跑得那樣快，在這個環節上去湊什麼熱鬧？

阿金心頭更是一陣霹靂，當她聽到那幾聲牽連著氣管裡咻咻像哮喘般的咳聲時，已經隱約認出是老長官來了，客車急速駛過後留下的盤旋氣味更令她確信無疑。她抄了一條捷徑，緊追在車後。

海琪和阿平雙雙從自小客車躍下後，顧著凝視前方的鐵皮屋以至把阿金給錯過，她負著戴罪立功的心境搶在前頭輕聲喚叫，「阿金，在嗎？乖乖，小阿金？……」叫了幾聲自己都臉紅起來，好像和阿金很熟似的，她們總共見面也不過兩次，就把她給搞丟了。

那次海琪臨危受命在阿平下班前看顧阿金半日，怪只怪她怕狗又多事，不知道哪來的好心，非要給阿金幾根潔牙骨以慰她幾日不能見到老長官之苦。

她才靠到欄杆邊，阿金正聽到客車打起的引擎聲，情急之下衝著欄杆狂吠了幾聲，海琪給嚇了個踉蹌，笨手笨腳踹到欄杆門閂才讓阿金有機可乘。阿金衝出來後隨車狂奔了一陣，待距離越拉越遠，直到小客車完全消失在眼前，阿金已認不得來時路，只一心記得長官臨走前說過的話。

「你怕狗就不要來了嘛……」阿平心疼的說。

「不行！……」海琪拉高了音量，卻也說不出為什麼不行。為了證明自己存在的價值，她勇往直前了幾步，在屋前探頭探腦的徘徊，狗兒嗅到她的氣味，騷動中狂吠聲有如驚濤駭浪般波湧而來，她嚇得往回竄逃，而這時大刀不敵阿吉，正奔了出來和海琪撞個正著。

面對惡犬直逼在眼前，還張牙舞爪的朝她撲面飛來，她幾乎要厥了過去。在這電光石火之際，阿吉卻攔腰將大刀給拽下。不知道阿吉見到她沒有，海琪驚怖中仍盯著阿吉，她怕狗，卻很能夠認出他們，一眼就看出那是前陣子常在魚市見到的那隻嘴角掛著刀疤的狗。

阿吉當然也認出她了，那個總把他們當垃圾餿水看待的花裙女孩，他甚至沒有餘力去想她在這做什麼，一路又和大刀扭打回去。

海琪鼻頭有陣酸，剛才那幕稱得上英雄救美吧，雖然她並不自視為美女，不過牠自己都傷痕累累還願意為了她和惡犬纏鬥，看在這點上，她怎麼都得救那個被補獸器夾住的可卡犬，縮在樹旁楚楚可憐的模樣，波浪曲線的秀髮還閃閃發光，剛才有點懷疑，近看才確定了，這不是魚丸店仁叔的狗嗎？怎麼魚市的狗今日全跑來這了。

阿平腰際上的短槍於此刻全然無用武之地，任誰聽著那有如鬼哭神嚎的叫吠聲都會懼怕，這裡頭少說也有幾十隻狂怒的犬，若同時向他們施展攻擊，真可能連肉渣也不剩了。阿平只好隨地抓了隻棍棒傍身，打電話請求相關單位支援。

海琪嘴裡喊著阿金，可是卻頻頻向後院探頭，不知道那個刀疤狗怎麼了……

事情進行得異常順利，阿吉狀態大勇，撂倒大刀之後，自以為勝券在握，沒想到坤哥從後方偷襲，將他撲倒在地，兩人進行一陣捶擊扭打。

坤哥就是傳說中嗜血如狂的藏獒犬，在這兒的輩分比大刀高出許多，並不受鐵鍊捆綁，待在那兩三片木板隨意拼湊的遮掩裡鮮少露面。老杜喜歡餵他吃生肉，也許因此他異常暴戾，身形比起阿吉簡直有過之而無不及。

阿吉暗暗叫苦，只得在腦裡召喚昨晚才發生的震撼片刻，挾著那股憤懣竭力與坤哥硬拚了幾回，體力漸漸不支。

阿吉不時聞到坤哥嘴裡散發出一股氣味，又或許那不是種氣味，是一個感覺，令他極度不安。那是一種家被徹底摧毀了的感覺，他要找的傑哥在這嗎？在這十幾坪的空曠草地？或是那無法同時容納兩個阿吉的木板遮掩？天啊……一目瞭然的事實卻赤裸裸讓人難以相信。

坤哥實在力大無窮，阿吉幾次與他摔鬥險些招架不住，隨著體力漸漸透支，他被坤哥漸逼往角落，退無可退，一連挨了坤哥三記啃咬，阿吉耳上頸邊流出的鮮血迅速汙染了毛髮，情勢看來已成定局。

坤哥在眼前頓了頓，使開右腳扒了幾下地上的泥，一種蓄勢待發的狠勁正醞釀著最後一波攻擊。

坤哥挾著那股致命的蠻橫飛撲而上，阿吉閃避不及，臉上被抓出幾道新鮮血痕，耳後突然砰的一響，阿吉即刻轉身擺出正面迎擊的姿態，但眼前摔在木箱上的坤哥已經毫無動靜。那雙有力的手掌裡未能卸出的力道在阿吉黏膩的毛髮上一滑，撲了個空，反而令坤哥朝木箱筆直跌摔而去。

木箱底下滲出一片血水。

阿吉從沒見過這麼一大灘血，平時和那些野狗打來鬧去，也只是爭贏了就罷手，沒想到今日他竟然奪走了一條生命嗎？

他刻意不帶有防備的走近，很希望坤哥一躍起身再偷襲他，然而他沒有。坤哥的心跳由噗通噗通的狂跳轉為細微冷漠的咚、咚咚⋯⋯

阿吉再放膽的用鼻頭頂了他一下，坤哥和木板應聲倒地分離，坤哥沒了呼吸，凶器正是穿過木板的那生了鐵鏽的五吋長釘。

長釘並不是阿吉顫慄不止的主要原因。他在坤哥的屋旁看到幾根未啃食乾淨的骨頭，上頭黏著一些腐蝕的爛肉。阿吉內心湧起一股強烈的不祥感，再看著被扯爛的屍骨旁的一塊皮肉，還黏著些許毛髮，這味道……不就是那他曾經深愛的人？而此刻五味雜陳混淆了感受，他突然記不起那名字，這些碎皮肉曾經擁有的名字。

那麼他還是阿吉嗎？以前是，但更以前不是，未來他也會像這堆沒有名字的爛肉一般，不知道在哪兒慢慢腐化呢……哈哈，哈哈……他笑了起來。

於此同時，大刀帶了幾個弟兄圍剿阿吉，新仇加舊恨，勢必要他在今晚血債血償。阿吉過於震撼因而並沒有意識自己應該回擊或脫逃，他放棄了所有選項，任由他們發了狂似的撲擊、捶打和踐踏他的身軀。

那一瞬他感覺到身心的徹底疲倦，他累了，像小四一樣的累了。只是他的累是整體的生命，而不是單一的環節。現實和夢境都太沉重，他想試試更好的地方。

看著那一拳又一拳的迎面重擊，他感覺不到痛，身體好像不是他的，手腳不是他的，那條五吋長的傷疤也不再屬於他了。

他對於這世界所有的失望和憎恨從破損撕裂的皮膚中大量流瀉而出，他的臉轉為安詳平和，感覺不到痛苦時真好……

他要沉睡了，去一個真正屬於他的地方。恍惚間他聽到了一些聲音，忽遠忽近，忽明忽滅。一陣冰涼，大量碎花撒向他，他仰著頭，眼神直勾勾的盯著曙光。

原來它竟是這麼的美，我怎麼從來沒發現……

14

老長官的車開出大馬路不多久，便聽到阿金在後頭追趕的吠叫聲，他急忙叫停，推開車門拄著拐杖趔趄著往回走，跪在地上淚眼婆娑張臂等著阿金飛奔入懷。阿金更是嗚嗚哭個沒完，像狼嚎又像汽笛般將聲音拉個老長。

爺兒倆就這麼耽擱了一下子，小四已完全脫離了視線範圍。阿金的口啟啟闔闔像是有話要說，以老長官和她的默契，再加上他自身專業的敏銳度，又怎麼會沒發覺眼前是一樁快成型的犯罪。

小四沿著山邊抄了幾條捷徑，終於趕上那輛可疑的貨櫃車，此刻正拐進碼頭的一間貨櫃場。只見現場大大小小的貨櫃，少說也有上百個，看得小四眼花撩亂。這一混亂迷茫中，他像忽然的醒了過來，甚至忘了自己怎麼會在這兒。剛才一聽到孩子們的悶聲啜泣，便糊里糊塗的追著貨櫃跑了一整條公路。然後呢？……他沒有長官，從來也不知道那些任務是怎麼一回事，一股莫名的恐懼油然而生。

老長官終究是經驗老道，早估算到那台貨櫃車定是往臨近的碼頭駛去，只不知是哪間貨櫃場。他在早前追車的一瞥間，看到了貨櫃上的商標，當下已請舊同事幫忙查詢。

這一天南昌貨櫃場沒有起重機在運作，異常冷清。小四仍在暗處盯著他們，不敢靠近。穿著灰色連身工作服的人，從乘客座位推門而出，打開貨櫃門，露出僅僅一個拳頭的縫隙做最後確認，這時電話卻響起了。

「喂，誒，老大。蛤?!……好，好，我馬上離開。」

「怎麼？」坐在駕駛位上的司機問。

「老大說有條子正趕過來了。」他一邊講，已經動手扣起貨櫃上的鐵門閂。

那些孩子聽到有救兵，便嗚嗚的又悶叫了起來，小四聽著心裡慌亂得不得了，當下阿金那句我為人人什麼的激昂言論又一窩蜂的撲將而來。

那灰色工作服的男人氣得捲起袖子，抓了一隻扳手往貨櫃門邊上狠敲了幾下，「再叫！全都找死啊！」凶神惡煞的臉雖是背著光，也令孩子們不寒而慄。才一瞬間，聲音戛然而止。

眼看滿載著孩子的貨櫃車即將要離去，小四咬著牙，「死就死吧！」他告訴自己，一個飛撲，那男人驚愕間已被撲倒在地。

他坐臥在地還不忘揮動扳手攻擊，小四一躍便彈開了，那一擊打在水泥地上，鑿出一塊頗深的凹痕，小四才突然膽寒了起來。然而眼前已無退路，他提起全副精神，呲牙咧嘴使了個最凶惡的威嚇表情，添上從阿吉那學來的嘶吼咆哮。

那男人果然給驚住了，坐在地上扭腰擺臀並划動著兩臂倒退。司機從後照鏡見狀，自駕駛座底下抄出一根鐵棍前來助陣，先將他扶起。

兩個人一前一後交錯著前進，在路燈的照射下宛如一條雙頭蛇，小四心頭一震！啊呀，原來是如此，感覺自己快憋不住這個謎底了，已經想像得到豬皮崇拜的眼神和孩子們的圍繞，「想知道嗎？快說現在誰才是老大啊，哈哈……」光是想像就已經夠刺激了，啊！不不，他得先跟阿金講，讓阿金也能崇拜他一下，哈哈……哈哈。笑聲中小四隱約感覺五臟六腑的劇烈疼痛，不知道自己還見不見得到他們。

那男人見到幫手壯膽，站起身扳手又是一揮，小四雖得側身避過，但棍棒早已候在左方，一棍下去只聽見小四哀嚎了一聲，隨即反咬那司機一口。

司機的袖子立即被染出一片血紅，雖捂著傷口忍住疼動，然而鬆脫的鐵棍在空曠的廣場裡跌出響亮的回音，這引發了管理員的高度關切。

「快，你先去發動車。」那男人說。

司機一手扶著手臂的傷，一拐一拐的蹬上車，打起引擎，等著他的同伴解決小四後一起離開。

那個男人提起扳手，步步逼近，像是要與小四速戰速決。

小四聽到轟隆聲打起，深怕失去了那些孩子們微弱的最後一線生機，擋在副座車門前皺起鼻頭，意圖十分明確。他加了些助跑，撲過去就是一陣狠咬。

那男人心下也有些著慌了，集中意志兩手緊握著扳手，啪搭一下將小四拍得老遠，臉才剛露喜色，沒想到小四著地滾了一圈，又奔回欲再咬他。

這一撲卻是咬到那男人的右手，他痛得只得鬆開了扳手，空著的左拳往小四眼臉猛捶，終於將小四擊落。

「瘋子……」他恨恨的罵了一聲。那男人俯身拾起扳手，拐著拐著又走了幾步，手才剛碰著車門，腿上又是一陣徹骨的刺痛。這次他忍住疼，咬緊牙根，啪啪啪連三下往小四身上揮落。

小四頭上出現幾條血柱，牙齒也掉了兩顆，躺在地上喘著粗氣。

那男人終於掙脫了小四的死命追纏，一手捂著硬被撕扯掉一塊肉的臂膀，精疲力乏，連蹬上貨車的力氣都沒了。

「快點。」那司機又催促了一聲。

男人才伸出右手抓著門把，欲要蹬上車時，誰知又被那天殺的小四咬住了腳踝。

司機剛掛了電話，神情帶著些愧疚。那一頭老杜下了最後通牒，他不敢怠慢，對那男人說：「老大在催了，我先帶貨走，等等來接你啊。你撐著！」接著他迅速踩上油門，車子發出了尖銳的吱聲，在那男人眼前揚長而去。他們都知道他這一去就不會回來了。

小四這時已經不見凶猛狀，像一攤爛泥黏在那男人腿上，眼睛像瞇著又像閉著，淌在自己的血流之中。

「媽的。」那男人忍不住罵了一聲，卻不凶惡，更像是欲哭的哀號。

他提起扳手，往小四頭上落下，緩慢而不經意，力道已經大不如前，小四像一塊乾涸的泥塊，脆脆的剝落了。

他鬆了一口氣，深怕小四會再度追擊，傷痕累累的往某一方蠕爬，一條血痕拉得長長的。

貨櫃場管理員抵達時，老長官和阿金一行人也正好來到，只見水泥地板上留下黑色的車輪痕、一陣刺鼻的焦味，和由一團團血連成的一大灘血漬。

阿金飛奔到小四身旁，他半啟半闔的嘴裡念念有詞，「我……知道……三頭鬼是誰。」

這時老長官在電話裡交代了些事，急忙靠過來，對一旁的工作人員大吼：「別移動他！給我乾淨的布巾或紗布！多拿一些！還有固定用的木板。快！」

小四撐開眼睛凝視眼前氣宇不凡的老人正替自己施予急救的措施，不知道自己的任務算完成了沒有，他回想著阿金是怎麼說她那句經典台詞，「報告長……前方有可疑……」半句話還含在嘴裡便暈了過去。

15

小四醒來之後，發覺自己在一個明晃晃的房間裡，他一驚，想要挪動身子卻感覺全身乏力，不久後他又暈了過去。

待悠悠轉醒時，那疼痛感更甚以往，他竭力掙扎，卻聽到隔壁鐵籠傳來一把熟悉的聲音，「麻藥才剛退，你別動，否則傷口又裂開了。」

阿吉的口吻像極了熟門熟路的老經驗，他就在小四隔壁，傷得也不輕，但比起小四算好得多。

「好孩子……」老長官拄著拐杖靠過來說。

「阿金！」小四驚喜得叫出了聲。

阿金和老長官一起來獸醫院探望小四，見到他傷得那樣重還沒來得及慰問幾句，便劈哩啪啦道出一整串後續發展的事。小四損手爛腳的一身傷總算沒有白費，貨櫃車僅延誤十分鐘離開便讓警方逮個正著，裡頭的走私物品和人蛇皆被扣查。

小四再三確認，難以置信那些孩子果真因而得救，不禁覺得飄飄然。那可不只是一些東西，是活蹦亂跳的幾條生命啊！……自己糊里糊塗惹了這一趟，卻也是盡了畢生的氣力，原來任務的感覺就是這麼一回事。

阿平從獸醫院門口直奔而入，繃直著身子，右手恭敬的行了個禮，「長官。」

老長官忙揮臂說：「啊呦，早不是什麼長官了……」在海巡署幹了大半輩子，老長官手上帶過不少服勤軍犬，不論是嗅覺或是各方面的靈敏度都相當優異，小四沒有受過專業的訓練，靠的僅僅是一股蠻勁，這卻比任何以往經歷過的任務更令老長官動容。

「嗨，阿金！好久不見啊。」阿平俯身摩挲阿金的頭，她雀躍的搖撼著尾巴嗅他。

兩年前阿金也是重點培訓的搜救犬之一，但最後因為專注力缺乏而未能通過考驗，於是被老長官領養回家。阿金雖然沒有順利取得搜救犬證照，但在老長官細心的教導之下也是訓練有素。

「你別看她沒出過正式任務，可不輸小黑他們唷……」一講起阿金，長官嘴角即刻往上揚起。他細數著阿金做過的好事，當然他並不知道兩週前那單海洛因案件正是因為阿金才輾轉破案。

「海琪呢？」老長官這才發現少了一個人。

「在車上，」阿平彆扭著搖了搖頭，老長官哈哈大笑幾聲。畢竟那個當下的激情澎湃維持不了這麼久，一離開那兒她就又記起自己怕狗。「所以說這分明就是心理作用嘛。」老長官調侃的說。

「不過她特別交代，要我好好慰問她的救命恩人。」阿平說。

「另外那孩子嗎？」老長官指著阿吉。

對於這個美麗的誤會，阿吉實在是有口難言。他當初壓根沒注意到那花裙女孩，更沒有什麼解救她的閒情，目標僅僅是要將大刀撂倒而已。然而最後的最後，他知道是她救了他。那裙襬上的碎花橫掃過阿吉的臉龐，一陣冰涼透心，他才看到了曙光，看到了世間所有的一切美好，原來都早已存在，只要願意去發掘。

阿平的手機鈴聲突然響起。

「十點四十六分了耶！」海琪在另一端的咆哮，連獸醫師也聽得一清二楚。

「啊呀，我差點忘了，好，好。」阿平匆忙的掛了電話，「長官，我得陪海琪去見個朋友。」

「這麼緊張……男朋友？」老長官喜上眉梢，恨不得來個雙喜臨門。

不知道是否因為在室內穿著大外套沒脫，阿平的臉皮突然漲紅了起來，忙解釋那位朋友如何看到傳單之後通知海琪在街邊見過阿金，又是如何揣測阿金行走的路線，才一路引導他們陰錯陽差的發現了那個偏僻地點。

阿平明顯與阿金一樣在表達能力上都出了些問題，一大串因由講畢之後，老長官仍是一臉的茫然。

最後阿平把心定了定，「說起來……他算是阿金的救命恩人。」

「喔？」老長官臉上綻出驚喜的笑容。

「你們都去吧！他們倆交給我就行了。」獸醫師手裡抓著一支大針頭，噴出幾滴透明液體。

「我的媽呀，阿吉，那是幹嘛的？」小四身子顫抖得不成樣，一邊問一邊往鐵籠的角落猛塞擠。

「你連扳手都不怕了，會怕那個？」就在阿吉幸災樂禍的當下，另一名獸醫師悄悄打開了阿吉的鐵籠，抓著一支更恐怖的金屬器材。

小四可開心了，渾然未覺那支針頭已經筆直射來，「嘿嘿，好哥兒們就是要有難同……哇！」

阿吉臉上綻出了許久沒有的微笑，就像他第一次遇到小四那樣，而這一次他的心裡不再有罪惡。朝陽透過鐵窗向小四大量潑灑金黃色的亮粉像是種加冕，阿吉終於明白行為如何奠定了價值，家的感覺也許更像是一種心靈的飽滿程度。

今後哪裡都可以是他的家。

他是阿吉，也是巴弟，他是他自己，也同時代表了全體。

圓缺

1

曼萍挺著大肚子穿梭在人群之中，骨碌碌的眸子閃亮有神，她悶了好一陣子，非要子軒帶她出來透一透氣。

子軒臭著一張臉，全然忘了自己護花使者的職責，一心只想將時間快轉，回到溫暖的家。背上的黏膩感令他不適，腳上才拋光打蠟的皮鞋已蒙上一層灰，駝色風衣領口依舊挺拔，只是腰帶側邊沾到褐色的調味料，他嘖一聲，心想八成是剛才穿越他身旁拿著烤玉米的孩子。

「哎呀……」曼萍左手扶著腰，右手似要撐著燈架卻撲空，整隻手掌滑進擺放滷雞腿的鐵盤裡，老闆惡狠狠瞪了她一眼，又不好對大肚婆口出惡言。

「不好意思，」子軒即刻掏出黑色皮夾，隨意抽出兩張，「應該夠了吧？」不等老闆回應，他又加上一張，邊攙著曼萍往玻璃櫥窗那頭走去。

叮咚，玻璃門感應了他的蒞臨，自動開啟，一陣風由上往下吹斷他與外頭格格不入的世界的連結。

「我好多了。」曼萍怯懦的擱下一句，眼神飄忽掠過子軒的臉，最後落在櫥窗外那一排滾動著烤得脆滋滋的玉米，倒不是因為餓，只是不願在這節骨眼與那道凶猛的目光對上。

「早就告訴你了吧，這種地方最好還是少來，更何況你現在還大著肚子……」子軒從小在父母的薰陶之下，對於夜市和路邊攤抱著避之唯恐不及的態度，口裡自然也說不出什麼好話。

她掏出溼紙巾擦了又擦，再聞聞，指縫間依然雞味猶存。子軒足足唸了快十五分鐘，斷斷續續又追加，想起什麼唸什麼，有些牢騷話壓根和夜市扯不上關聯，也拿出來充場。

「好了吧你，大肚婆氣不得的。」曼萍終於受不了回嘴。

愣了幾秒，子軒似乎也察覺自己反應有些過頭，「好好好……」他忙不迭送上關懷，她依舊癟著嘴不理。子軒彎下腰轉而向小寶寶求救，老戲舊調，然而勝在夠實用。

曼萍早知道拿出這句話就可以堵住他的嘴，但她心裡打著另一層盤算，「我還想再去看看前面那條街，我想要買一雙手套，老是覺得冷。」

剛剛又不講，逛完全部了才說需要什麼，還嘟著嘴，擺明是在裝模作樣……

「要不你生呀！」這是他們激烈辯論過幾次後的結論。大肚婆就是有裝模作樣的權利。

「而且你剛才好凶喔……」她把頭撇往一邊。

「好好好，逛完那裡就確定走囉？」此刻道理全在她那邊，他只得被逼著就範。他雙手交叉放在胸前，嘆了一嘆，像即將得再面臨一場硬仗。

「成交！」詭計得逞，曼萍幸福洋溢的勾著他。

子軒輕拍那滑嫩白皙的手背，「哼，養了這個壞寶寶。」俯身輕靠在曼萍的肚皮旁，「這個可要好好的教，別讓他學壞。」

「要像我這麼乖。」

「可別像你這麼壞！」

曼萍沿路買了些香烤肉串和大花枝，夾了一塊遞到子軒嘴邊，他吃了一口就想起前天新聞揭露一則食品添加致癌化學物質的報導，繼豬牛雞肉失守之後，海鮮也驗出遭受重金屬污染，他現在恐怕已經滿肚子毒素，邊想著腳步也越發癱軟乏力了起來。

「噢……好可愛喔，子軒你看……」她扔下他的手，魂魄倏然被幾隻嗷嗷待哺的小毛娃給攝了去，想摸摸牠們，但一隻手只懸在半空中欲伸還收，那小骨架子看起來比潘爸收藏的清代乾隆粉彩鏤空瓷瓶還脆弱，算了，她背著手把臉湊得更近觀看。

「喜歡哪隻?」店員豪邁的抓起某一隻小毛娃，粗魯的手勢和臉上的露齒微笑形成強烈對比。

「抱抱看嘛……」他再次慫恿。

不敵店員的熱情，她伸出食指輕點了一下，毛絨絨的小傢伙眼睛還瞇著呢，氾濫的母愛讓她的心突突直跳。

身穿深褐色圍裙的店員轉身從矮凳上拿出一個鐵盆，哐啷啷倒了一層乾飼料，添點熱開水，又擱回矮凳上，娃兒群裡即刻引發一陣騷動。

「全都很活潑喔。」他順手撈起一隻小毛娃，一會兒捏著紙巾往牠眼臉擦擦抹抹，一會兒又拿梳毛刷幫牠順一順毛。

哎呀，輕點輕點……她在心裡不禁嘟噥了幾聲，但瞧店員怡然自得的模樣，似乎是自己多慮了。

須臾之間，鐵盆裡的飼料膨脹了兩倍之多，小毛頭一窩蜂的湊近，爭先恐後的搶食，各個活力十足。這讓她憶起國小時在國家紀念公園餵魚的景況，幾十張魚嘴浮在水面上像氣泡一樣發出剝剝聲響，她從沒有仔細的計算過一天之中究竟有多少遊客光顧那台飼料販賣機，但印象中魚兒好像永遠都吃不飽，不停的吃啊吃，肚皮卻也從沒給撐破。

「我們找一天去舊公園走走好不好……」她興味盎然的轉身時，才發現子軒早已不見蹤影。

「蛤？……」他從一個被大肚子掩蓋住的死角中站起，皮鞋登時閃亮重現，風衣腰帶也在隨身攜帶的去污筆一刷之下不見漬痕了。炯炯有神的雙眸中只有誰也偷不走的自信，她當初就愛他這模樣。

「我以為你在我後面。」她努起嘴低聲說。

「寶貝，我在啊，我一直都在。」他眼神一軟，她的心也隨之化成一灘，後來她發覺自己更愛他這模樣。

他們牽著手一塊在「杜老爹貓狗樂園」裡閒晃。招牌上的杜老爹戴著小一號的老花眼鏡坐在搖椅上，貓貓狗狗都緊挨在身旁，很有天倫之樂的溫馨意象。白色的日光燈將整間舖子照得通亮，她不自覺的沉浸在娃娃堆的無辜眼神中，每一隻都似乎缺愛缺得嚴重，刺激她胸口滿溢出的一腔熱情。

子軒默默往角落的塑膠凳走去，平時和朋友們打慣了網球和高爾夫球，也沒像今晚累成這樣。坐在凳上發呆，他無意間瞥見角落鐵籠裡的一隻孤僻的小傢伙，像極了那部電影裡的山姆，他幻想自己牽著牠，也扛把步槍，好不威風！

店員立刻慇懃的打開鐵籠，「這是德國狼犬，你看牠的毛多漂亮，摸摸看……」

「噢，呵……不用了，不用了。」他不住的推讓，店員哪裡管他，已經把狗半牽半拉給拖了出來。

她信步走來，對著眼前已步入青春期的狼犬竟有些怯步，不知道牠會不會咬人。她依依難捨的回望著那堆玩賞類型的娃娃們嘟喃著：「還是那幾隻比較可愛。」

「呵……這不能比啦。這類犬種本身就是屬於工作犬，智商和服從性都很高，影片裡常看到的警犬都是這類的犬種居多……」店員嘰哩呱啦了一堆，卻隻字未提牠曾遭受退貨和性格孤僻不討喜而導致賣不出去的事實。

「警犬，對嘛……我就說牠很眼熟。」說到這，子軒站起身來認真的打量，不時逗弄牠，而牠卻好像被黏在地板上，一步也不肯走動。

「牠是剛睡醒，否則平常活潑得很。」店員一邊微笑著，一邊用腳尖去鏟牠。牠站起身子也不玩，等店員開始和子軒攀談時，又坐了下去。

曼萍對子軒的興致高昂感到意外，其實這小傢伙也不差，眉宇間仍然未脫稚氣，應該不會再長大了吧？……大狗也好啊，可以幫忙顧家……在她還未完全說服自己以前，子軒已經在角落邊和牠玩了起來。

「嘿，巴弟，來！」牠啣住子軒手中的玩具繩，進行第二波拉扯，子軒特意讓了一下引發牠的自信和玩心，又來回拋接了幾次之後，子軒將牠一把擁入懷中，摩挲牠的毛頭。

曼萍被眼前這一幅充滿父愛的畫面感動，眼中泛起點點淚光。子軒一定會是個好爸爸，她確信。

結束了一晚的勞累，他們大包小包回到家，子軒一屁股跌坐在沙發上，神情極度疲倦呆滯。

一切恍如一場夢。

「我們居然把牠帶回家哩。」曼萍帶著些不安的試探性口吻，像是才醒覺自己竟已背起了一個無期限的重責大任。她甚至不記得和子軒結婚時，是否曾經為一輩子三個字跨過什麼掙扎或障礙。一切都發生得太快，機場的相識是個意外，腹中已漸漸成型的一塊肉更是個意外，他們是在那樣濃烈的情緒底下被責任和少許憧憬推著跑，每一步都緊跟著成人指南的制式流程，然而今晚的即興之作，似乎已超出了指南的範疇，反而令她不知所措。

「你在店裡不是就想好了嗎？」他雙腿蹺在茶几上舒展，撥弄著遙控鍵，以一秒一台的速度往上翻轉。

「你那是什麼意思！」曼萍猛然揿壓住他的手，那激昂的程度是在她發現懷孕時都不曾有的，「是你剛才自己說多喜歡多喜歡的……那現在怎麼樣？又是我，都是我！」

「誒，你別緊張啊，既來之則安之嘛。」子軒口吻仍淡定的說。

她討厭他那種事不關己的口氣，有種被騙了的感覺。大著肚子本身就是種負累，再細想下去對未來更有種無盡的恐慌，她想不到自己哪來的餘力照顧牠。聽店員說牠會長到三十五公斤這麼大，食量應該很驚人，每天都得帶牠出去嗎？那想出國時怎麼辦？假使牠生病的話呢？……噢！天啊，還忘了算上便溺那些麻煩事。

「既然養了，我們就好好一起照顧牠，好嗎？」子軒突然從身後擁著她，被一雙溫厚的手掌包覆著，她感覺自己不是一個人，心底深處的莫名恐慌一哄而散。

這時小傢伙在鐵籠裡輕嗚了一聲，他們倆同時往門口處張望，相覷而笑。子軒興奮的一把抓起袋子，一股腦往地毯上倒，曼萍站起身來，「幫我拿那顆球，壓了會發出聲音那個。」

「誒，你小心一點，我拿就好。」

他們各自拿著玩具就定位，小傢伙一出籠就開始東聞聞、西聞聞，全然無視於他們手中搖晃飛舞的玩具。

「是不是要尿尿?!」子軒一喊，又是一陣兵荒馬亂，曼萍撕下三張廚房紙巾，怕不夠又折返多撕了兩張。子軒因為找不到報紙，從二樓廁所胡亂拿了兩本周刊雜誌。他們心想全鋪在地上，總會有個被接納，然而牠只在門口處坐著，盯著門又盯著子軒，同一個動作來回了幾次。

子軒從地毯上找出項圈和牽繩，「你在家待著，我帶牠去前院草皮看看。」

曼萍雖然待在屋裡，卻也沒能閒著，雙手撐著沙發，大肚子頂著椅背，直盯著窗外的草皮看。黑暗中她看著一個黑影牽著另一個黑影，停了又走，走了又停，不出十分鐘，聽到鑰匙轉動的聲音。

「牠好乖喔。」子軒覷起眼睛，八字眉頭下壓著一雙玻璃珠般晶亮的眸子，整個人散發著滿溢的愛。

「不如明天我留在家裡照顧牠？」曼萍試圖闖關但失敗，他板起臉說：「明天大伯父生日，這件事早就敲定了，爸和媽都會去，你不去嗎？」

「噢，當然要。」曼萍澀澀的笑裡藏有幾分委屈，這是成人手冊的錯，它並沒有寫明結婚之後，許多兩個人的事，都不再只是兩個人的事。

2

曼萍自認是個好相處的人，但子軒的父母對她總是沉默寡言，這也並不是什麼大問題，只是那樣悶塞的氣場像是種責備，而她卻連錯在哪都不知情，還未過門就像個含冤的小媳婦，即便是願意寫下張自白書都欠譜，她真希望誰能來告訴她到底怎麼了？

在懷孕之前她和子軒根本不算熟，更別說他父母，既然都不熟，又何來的討厭？她多次試著和新家人打好關係，但始終不得其門而入，禮貌性的招呼和客套話語似乎是難以跨越的極限點。

難道是因為她和子軒的閃婚讓老人家覺得太兒戲？她左思右想，有種跳到黃河也洗不清的委屈。

她焦躁的抓著頭皮，越想越惱火，眼看鏡子裡的大肚婆那失控的面容中完全遺失了所有屬於青春的元素。她現在不是肚子痛就腰痛，有時整晚失眠，身體腫脹得像兩個自己疊在一起爭一人份的空間，還不是為了潘家的骨肉！她氣急攻心，小腿好像又抽筋了。

待鎮定下來後，她摸著肚子轉念又想，這畢竟只是臆測，而通常這類的負面猜想是無益的。這件擱在她心裡許多個月的困擾，終於在這天上午，不費吹灰之力便解決了。或者應該說它就這麼憑空消失了！

「恭喜你，是個男生。」護士頒布了喜訊，她鬆弛了頸背的肌肉，氣力耗盡仰躺在枕頭上，子軒怕血，還在門外踱步乾著急。

陽光從塑製葉片的隙縫篩透而過，在子軒媽媽的臉上留下一條條光痕。這讓表情嚴肅又坐得直挺的她看來有些滑稽，他卻壓根笑不出。

「吃點吧，別餓壞肚子了。」徐媽忙著張羅早餐，子軒已經二十多個小時沒睡，雙眼餳澀無神，醫院裡過於濃烈的酒精味帶來一陣嘔吐感，和徐媽身上的花露水味合力逼迫著他喉內的小點點，唾液從舌下不斷滲出。他不安的用手背搓搓下巴，想起曼萍老說他鬍渣刺手，會心一笑，緊跟著一個懊惱，早知道就陪她一起進去了！

櫃台上方的掛鐘顯示六點十七分，前天早晨匆忙的連手錶也來不及戴上，羊水嘩啦一聲毫無預警的流瀉出來，嚇死人了。他回想曼萍扭曲的面部表情，肯定十分痛楚，和他高中摔斷腿那次相比呢？那次石膏打了一個多月，潘爸因此不滿曲棍球教練，連帶撤走了一筆待捐給學校的款項，搞得子軒裡外不是人。

他想起某日在搜尋網站打上關鍵字「懷孕生產」，許多駭人的字眼一一跳出：「痛感好比火燒」「剪一刀都沒感覺」「皮膚撕開、骨盆俱裂、子宮像被往下拉扯……總之會痛到厥過去的程度」，想到這，他的心揪了一下，哆嗦直沖腦門。那肯定比他腿斷時還痛上好多倍。

第一胎他們兩個都沒經驗，於是遵從了母親大人的堅持，況且專家也說自然產的小孩會比較健康。他陪著她在待產房熬了二十多個小時，經歷了無數次陣痛，沒料到在最後一個關卡會這麼不堪一擊。見到落紅的血絲，他急忙撇過頭，弓起背，瑟縮著身子的舉動，被主治醫師判定不適合陪同進產房。當下他也並沒有強求。

他眼睜睜看著老婆被帶走，才忽然有種面臨生離死別的淒楚。他們相識滿一年了嗎？那似乎並不重要，重要的是他們共同經歷的這一場患難，足以讓情感躍升至一個嶄新的層次。他真後悔沒能偕同她進產房，枉費媽媽教室裡的助教還直誇他是個有天分的準爸爸。

「恭喜你，潘先生，母子平安。」產房的護士帶來了好消息。

「兒子？」潘媽媽做了第一次確認，護士小姐輕輕點了頭。

「潘先生問是兒子嗎？」徐媽拿著手機，替護士回應了第二次的確認。另一頭子軒的爸爸也正往醫院趕來。

與此同時，子軒在恢復室正和曼萍留下幾張全家福照，他看著她憔悴的臉龐，難以置信那樣小巧的骨盆竟能生出這麼大的娃娃。

「你這個胖娃娃把我老婆的肚皮都撐壞了。」子軒沒好氣的扮起了黑臉，娃娃像是聽懂似的往媽媽懷裡猛鑽，曼萍扎實的輕拍著娃娃，肉貼著肉，感覺就像是身上的一部分，是最難割捨的部分。

潘媽遞上司機火速送達的一盅雞湯，曼萍掙扎著想坐正，「欸……躺著就好。請劉姐餵你吧，特別加了黃耆和枸杞，你嚐嚐看。」潘媽呵護備至的提醒，「小心燙。不餓的話喝幾口就行了，拿回去晚點再熱過。」

徐媽在一旁捂著嘴講話，但聲音卻穿透了整間病房，「誒，對，我們在恢復室，五樓，六〇三號房。」

電話的另一端是總板著一張臉的潘爸，他也來了嗎？曼萍內心不禁產生一股莫名壓力，坐也不是，躺也不是，上氣不接下氣，頭好像又開始暈了起來，但不能暈，否則誤會加深了可後悔莫及。

不一會兒，潘爸和大伙兒微笑招呼，眼神和曼萍對上時也笑了一笑。

她從來不知道，潘爸笑起來是有酒窩的，與神情憔悴又滿臉鬍渣的子軒併身在一塊兒，竟像兩兄弟似的。門牙間過於粗大的間隙替他添了份傻氣，少了點霸道，是因為這樣才很少笑嗎？她開始自責自己以往的多心。

「你怎麼這麼邋遢。」他瞥見子軒一身短褲夾腳拖鞋，不禁板起臉孔。

「你要他怎樣？羊水都破了，你忘了自己當年那樣子，有比他現在好多少嗎？……」潘媽連珠砲般的維護著自己的寶貝兒子，曼萍和子軒在一旁捏了把冷汗，潘爸的脾氣一上來可不得了。

「至少我那雙夾腳拖鞋是皮製的，哪有那麼醜。」潘爸大笑了幾聲，潘媽忍著笑意瞅了他一眼。

他們一言一語的道起家常來。新科媽媽硬是壓下了那股洶湧的情感，然而眼眶卻早已噙滿淚珠，在表面張力大到難以負荷之前，她抓起被單的一角，輕輕拂拭了眼周。

「還痛啊？要不要叫醫生來？」潘媽握緊她的手。這樣的關懷於此刻實在太不適宜，生產後的女人腺體似乎特別脆弱且不受控制。

曼萍哇的一聲哭出來，雙手掩面，無法自主的被情緒推至波峰，霎時一切人生中曾面臨的辛酸苦楚，伴隨此刻的感動排山倒海的湧將而來。

潘媽頓時不知所措，急將她讓回給子軒，喚劉姐去請醫師過來一趟。

曼萍在子軒懷裡只是一昧的搖頭，抽抽噎噎的說：「我……我……太開心了。」

劉姐聽聞後才停下了腳步。

「傻丫頭。」潘媽笑著說。

「曼萍是喜極而泣。」劉姐也接上一句。

「劉大姐果然好學問。」子軒豎起大拇指，送到劉姐面前調侃她。她這把年紀，見識和閱歷都不少，就是不識字，曾為此事頗感遺憾，老是掛在嘴邊叨唸，沒想到唸著唸著竟被子軒拿出來講笑。

「奶媽都戲弄，看我不打你。」

「是該打。別留力。」潘媽也笑著附和。

「哎呀哎呀……饒命啊，我知錯了……」

曼萍也加入了戰局，子軒被三個女人輪番炮轟，喊苦連天，大伙兒又胡鬧了一陣，忽然幾下敲門聲，潘爸從門外進來。

「我請司機回去換了大車，等等直接送到月子中心吧，子軒陪你，缺什麼請徐媽再回去拿就好。」

曼萍以為潘爸剛才出去是嫌悶，原來早將一切安排妥當，受寵若驚的曼萍不禁揣想未來的無限美好。她乘著寶藍色的休旅車越過彩虹拱橋，一陣涼風吹來卻暖上了心，這感覺真棒。

她絕不能說自己是母憑子貴，這說法太不厚道，對她而言或是對於整個家族皆是。人與人之間原本就存在一種說不出的奧妙，只要遇上正確的事便能將彼此相互聯繫，產生不同凡響的化學作用。老派的人說那是緣分，但她認為更精確的字眼是情感間的催化劑，好比戀人之間促使相擁的一場雨，或她與子軒一年多前的行李調包事件，而小布丁在她與家族的關係裡，正是這項不可或缺的元素。

轉眼已過了一年，這天是小布丁的足歲慶生。

半開放式的餐廳裡掛滿了彩帶，圓錐狀小帽子一整疊擱在水果雞尾酒旁，任君取用。賓客已陸續進場在門口處和潘爸道賀寒暄。有幾位平日在交際場合才見到的朋友，今日都著輕裝便服出席，顯得親近許多。

小布丁的生日提早在週六舉辦是潘爸和潘媽的意思，至於地點則是他們投票表決出來的，以三票對二票擊敗了子軒和劉姐。餐廳位於大門口左側，全場由淺灰色地毯包覆著，保有居家的溫暖氣氛，現場有鋼琴彈奏可供欣賞，想喝點小酒也頗有情調，更別說餐廳的後門和俱樂部的游泳池相連，在八月的盛暑下實在是絕倫之選。

潘爸和潘媽早連成一氣決計包下健身俱樂部的一樓餐廳作為慶生地點，子軒則提議去踏青，餓了便就地鋪上花布野餐，大伙兒沿著海岸停停走走或租個腳踏車騎，喜歡哪個景點就待久點也無所謂，邀約對象僅限於家人和至親好友，是個自家人的派對。劉姐起初提議去酒樓包幾桌酒菜，既隆重又經濟實惠，飯後為乾孫子戴上她精心挑選的一塊古玉祈保他平安長大。後來是因為曼萍跑票，又禁不住子軒苦苦哀求，只得投他一票，但三張鐵票在手大局早已定，多那一票也是枉然。

「爸，媽。」曼萍揮舞著右手叫喚。她在幾個月前就改口和子軒一塊叫他們爸媽，起初很生澀繞口，有幾次她在心裡演練了上百次的喚叫就要脫口而出，但硬是被緊縮的喉嚨給一把揑熄了。不過那都是在小布丁到來之前的事，瞧她現在不只朗朗上口，簡直是喊上癮了，時常有著他們是自己爸媽的錯覺。

「什麼時候替小布丁添個妹妹？」潘媽握著曼萍的手，一對玉鐲子輕微碰撞。

曼萍微微一笑，趁潘媽回頭和鄰居李太太打招呼的空檔時，偷偷往子軒那凶狠的瞪了一眼。他一臉的無辜，嘴裡還咕噥著替自己辯護。

「你說得活像是買個包子似的。」潘爸百忙中回頭唸了一句，雖然背對著他們，但耳朵一路都跟著話題走，充分表現了一心多用的絕活。

「欸，你不懂，湊個好字，那才是圓滿。」潘媽不甘示弱的回嘴，兩老背對著背抬槓。潘媽轉而逗弄小布丁問：「小布丁要不要妹妹啊？……」

「阿……嬤……」小布丁從爺爺手中掙脫，踉蹌了兩三步，在跌倒的當兒已及時湊到奶奶腳邊，所幸尿布厚實，他也不感覺疼。潘媽急忙要將他扶起，他卻仍緊抱著奶奶的小腿肚不放。

「哎呀，你把他抱起來嘛，小布丁來，爺爺抱。」潘爸伸手要去抓，但潘媽卻絲毫沒要讓的意思。

子軒和曼萍相覷而笑，知道爭寵大作戰即將揭開序幕，沒想到主角小布丁卻轉而向一旁的巴弟甩頭晃腦的微哂，用肉肉的小手撫順牠頸背上的棕毛，巴弟也極疼愛般的湊近。

「欸……小布丁，不要，那髒啊。」兩位老人家倒是又同聲同氣了起來，小布丁被一喝之下愣在原處，潘爸忙用腳尖將眼中的危險物品給挪開，輕得就像不是用踢的。

牠在那樣充滿厭惡的眼神攻勢下，垂尾喪志，低著頭默默挨在桌邊，子軒心疼的將牠一把抱起，也不理會才擺上桌的食物，逕自帶著巴弟去戶外花園蹓躂。

「你看看你的好兒子，就為了那麼一隻……」潘爸沒好氣的說，他鮮少詞窮，只因為畜生這個不適合出口的字眼已經盈灌了他的腦袋。他朝潘媽瞪了一眼。

「我們昨天才幫牠洗過澡，很乾淨啦，對不對啊，小布丁。你昨天是不是也和巴弟玩水？……」曼萍在一旁緩和氣氛，幸而這僵局在還未受到賓客矚目之前就被小布丁的咯咯笑聲給帶過。

小布丁的慶生會像打了一場仗，子軒忍不住在回程路途上埋怨了起來。「我早就說自己家裡人隨便弄點吃的就好了。」

「就讓爸媽開心一下嘛。」曼萍端出長輩牌，愛熱鬧的她當時明明也很堅決的投下俱樂部派對這一票。

「他們當然開心。」子軒冷笑一聲，從後照鏡中看到巴弟惆悵的望著窗外。車裡都是巴弟的味道，換作是他被關在這兒一個下午，早就抓狂了。

「早知道就不帶牠去了。」子軒越想越氣，心裡替巴弟感到十分不甘，大力將手機甩上儀表板，和擋風玻璃撞擊的那一瞬間嚇了曼萍一跳。

「你幹嘛啊！」她大聲喝斥。

「怎樣？我丟自己的東西不行喔？」

「手機是拿來打的，不是拿來丟的。」

「你會不會管得太寬了啊你……」

他倆一來一回互相駁斥，小布丁嗚嗚哭了起來。

「哭哭哭，你就只會哭。」子軒憤怒難耐將悶氣轉嫁到小布丁身上，他躲進媽媽懷裡卻嚎啕得更加響亮了。

「喂！潘子軒，你別把自己的情緒發在小孩身上。」

曼萍的責備讓他感覺自己像個壞爸爸，她就是這麼不貼心，永遠只會在火上添油。

兩人在剩餘車程中不發一言，各自生著悶氣。

就在快到家之前，曼萍突然低吼一聲，神情痛楚的緊握著門上的握把。

「吃壞肚子了嗎？」子軒平淡的口吻像是還留著餘氣。

她搖搖頭，「在前面便利商店停一停。」音線中帶著顫抖，早已感覺不出來任何情緒。

子軒拉起手煞車，匆忙的奔入店，三分鐘後，他拎著一包紙袋回來，臉上似乎被抹上一層紅暈。

「早知道你臉皮薄，剛才我自己去就好了。」曼萍心疼的說。

「但這小鬼只要你。」子軒伸手輕捏了一把小布丁的鼻頭，他又咯咯笑了起來。

曼萍接過紙袋，順勢扣起他的手搖了幾下，「但這小鬼只要你。」她說。

子軒眼裡早洩出笑意，斜瞟母子兩人，「小鬼一號，小鬼二號。」轉身再對著巴弟喊，「還有你啊，小鬼三號。」巴弟汪汪叫了兩聲以示回應，然後子軒又開始鬼吼鬼叫起來，對自己改編的時興舞曲顯然十分滿意。

一陣哄鬧後，車才拐入車庫裡停好，子軒張起手來打了個呵欠，曼萍因身體不適也顯露憊態。大伙兒各自回自己的領域，子軒坐到電腦桌前，小布丁繼續睡，曼萍則攤坐在沙發上隨意的翻轉電視頻道。

陰雨綿綿的天空起了一層薄霧，那樣不落實於形色的朦朧，為今日的活動打上了句點。疲倦、饑餓席捲而來，巴弟慵懶的躺在落地窗前的地毯上，似乎心事重重的望著樹葉輕拍著彼此。一只塑膠袋啪嗒一聲黏在玻璃窗上，牠眼神瞬也沒瞬半下，恐怕是真的累壞了。

不知道過了多久，子軒從書房踱出，看著冰箱上的磁鐵靈機一動的說：「好久沒吃比薩了。」

「我要美式臘腸加墨西哥辣椒！還有炸雞翅！副食點什麼好……」曼萍在那個瞬間也站起身來附和，話還未講完，電話撥鍵音已嗒嗒響起。

「問他加三十九元是不是有汽水。」她繼續在一旁低語叮嚀。

「不好意思，你剛說什麼？」子軒用食指抵著雙唇，甩手在那揮啊揮，就是要曼萍別再出聲，但曼萍忙著從客房將除溼機給拖出，忽略了這一幕，拉高分貝又複述了一次，「我說，問他加多少錢有汽水！」

「雙層起司，對。」子軒邊揮手邊搖頭，半張臉十分扭曲的朝她掃了一眼，曼萍被搞得一頭霧水。

子軒一邊調高話機的音量，轉身往客房踱去，陡然間咚的一聲巨響，小布丁被驚醒，巴弟也警戒的把耳朵豎起，三對目光同時往中島那方向張望。

她從中島的另一端看過去，只見子軒的上半身於彈指間消失在桌面水平上，像撲通一聲的沉入海底，但他那一聲要響亮得多，是一大坨肉重擊地面的悶響，而且是垂直式的仆跌。

還好是木頭地板……她心想。但這對整件事幫助大嗎？從那背影豐富的肢體語言裡，她似乎看到他眼愣愣的張著大嘴，是要破口大罵吧？……她感覺肚裡的什麼東西正在翻攪著。

子軒狼狽的從平地中站起，驚惶中仍鎮定的把話給講完，「誒，對對，不好意思剛才收訊不好。好……對，二十六號。」

在他掛電話之前曼萍早已逃得遠遠的，但又能逃到多遠。

「周曼萍！跟你講過多少次！還要再講多少次?!」他僅剩的風度已在電話結束之前用畢，幾乎用咆哮的口吻責備她，幸好晚餐時段不算太靜，加上獨門獨院的別墅之間還隔了些距離。

「我不知道你會往那邊走，我想天氣那麼溼，客房裡的被單都已經乾了……」曼萍支吾的解釋全不在重點上，有如做垂死般的掙扎。剛才她只是想把除溼機拿到客廳用，但又懶得拔電線，抱著僥倖想看看線的長度是不是能到達客廳。沒想到除溼機才走到半路就已經被拉緊，她只好再回到客房拔電線，而子軒就在這當兒被拉緊的電線絆倒。

「你知道這樣有多危險嗎？還有刀子可不可以不要每次都放在邊緣，蛤?!你懂什麼叫作危機意識嗎？我要怎麼跟你講你才明白！是不是一定非得要有意外發生你才滿意？」子軒開始把一年多來的怨氣都掃了出來。

「好了，好……不小心的嘛。」曼萍嘴裡道歉，心裡卻滿是怨聲載道，有幾次子軒也不小心忘了關車庫門，鑰匙留在大門鎖孔上也不是沒有過，那又是多安全，多……有危機意識。

牠嗅到了火藥味，抱著一種明知山有虎，偏往虎山行的精神往風暴中央奔去，站起來用掌墊推推子軒，再回頭推推曼萍，來回奔忙著。

子軒帶著氣，怒狠狠的眼神像狂風般朝牠掃去，牠也不畏懼，整張嘴咧開來笑，見子軒還不歡喜便追著尾巴繞圈圈，竭盡所能的賣弄討好，子軒氣才消了大半，盤坐在地上與牠齊高，「傻瓜，又不關你的事。」他抓著牠頭碰頭，牠樂得搶上前舔了子軒一臉的口水。

「摔得疼嗎？」曼萍走近往子軒的膝蓋和手肘一瞧，果然紅了一大塊，隔天肯定得淤青。

「你說呢……」子軒的埋怨裡已流露出一絲軟化，她將伸至半路的手的力道又放得更輕了些，以免越揉越疼。

叮咚！電鈴不遲不早來得正合時宜。比薩小弟還戴著安全帽，吹起小調子在外頭等待接應。

「我去付錢，這餐算我的，別跟我爭吶。」曼萍的俏皮語調像是知道自己拿穩了局面，兩步走一步蹬的迎到門前，子軒疲憊的撐起身子，倒了杯水站在仆跌處，藉著大門洩出的光影查證木頭地板上那一塊陰影原來只是皮拖鞋底盤的橡膠擦出的黑痕。

牠功成身退回到了落地窗前盯著小麻雀蹬蹬蹬的玩耍，心情驟然也開朗了許多，咬起糊塗熊就是一陣狠甩。牠吼了一聲，用迅雷不及掩耳的速度來回奔跑，沿路叼起毛怪，扔在地毯上，卻假裝是毛怪自己脫逃，對它悶吼了幾聲示威，繞了大約半個圈，冷不防的轉身上前再咬。

小布丁看得咯咯大笑，一對肉肉小手相互拍擊，但總對不上點，巴弟看著也覺得好笑。

「來囉……香噴噴的比薩……」

曼萍捧著的大比薩上方堆滿了各式小盒子，子軒急忙迎上去接下幾盒，食物的飄香讓他感覺幸福滿溢。只見曼萍驚愕的臉在轉瞬間一緊一鬆，子軒欲要轉身，但手腕被曼萍用力一掐便定格在原處寸步不敢移動。

想像飛也似的馳騁，在他身後那可怕的東西又是電線嗎？該不會是帶著火花滋滋作響的那種吧？他不自覺的將頭縮到頸領裡，趁勢轉了個身，乍看之下就像是倒進曼萍懷裡。

眼前小布丁踏著趔趔趄趄的步子，走了四步之多，已打破有始以來的紀錄但並沒有跌倒，繼續往目標前進，第五步、六步、七步，眼看就要到達了，子軒和曼萍屏氣凝神齊齊等待這一幕。

忽然咚的一聲，他放任自己朝那目標物一摔，仰著頭咯咯的笑開了。

小布丁躺在巴弟身上，小手緊握著一撮毛髮。這間二十坪的大客廳宛如一個天地，小布丁在巴弟懷裡安逸自得，巴弟捲起的身子像半個搖籃，也似半個泳圈。他和牠都知道，在這一個天地裡，牠將永遠守護自己的弟弟，那是爸爸賦予牠的天職。

曼萍承認自己從來不太喜歡牠，她偏愛小巧的玩賞犬，要不也得像是黃金獵犬、拉布拉多那類型的憨厚大狗，但過了今晚，她決定要秉著愛屋及烏的精神更疼愛牠。

那一晚，他倆在瀰漫著食物香氣的走廊，任由熱騰騰的食物轉涼，相覷無言，只因為沒有任何言語能夠貼切形容這激慨感人的一刻。

3

一個難得的假日，巴弟一臉哀怨的看著子軒。

「我知道我答應過你，可是你看這天氣怎麼去沙灘。」子軒禁不起牠的目光逼視，又往窗口探了一探，「別說沙灘，連公園也很勉強，晚一點再看看好不好，乖啦。」

早上明明還是個豔陽天，誰知道突然打起大雷，現在簡直是滂沱大雨，完全掩蓋了電鈴聲響。湘如在門外等了幾分鐘，忘了帶電話差點要回去拿，還好曼萍聽到怪聲音前來查看，子軒還在餐廳喝他的老爺茶。

「堂哥！」湘如朝他後方肩膀重拍，差點沒讓他摔下椅子，但更驚訝的是她手上的小毛娃。

「子軒你看，我就是在說這種狗，牠叫什麼？」曼萍很自然的伸手要抱。

「黃金獵犬，以後毛會很長，超漂亮的。」湘如得意得就像自己小孩考了全校第一，然而牠毛都還未長齊呢。

「相信你必定會好好的待牠，就像邦尼一樣。」子軒冰冷帶刺的口吻就像潘爸，他要是在場一定會感到驕傲。

「喂，雖然我就住在對面，但好歹過門也是客吧！」湘如沒好氣的推了他一把，邦尼是湘如小學時養的兔子，主寵的緣分只維持了兩週。

「別理你堂哥，來看我們家巴弟。」曼萍勾著她的手領到客廳一隅，湘如還回頭哼了一聲，子軒依舊歪著頭看早報。

這是牠們倆第一次的會面，寶寶好奇的探索著瑟縮在軟墊上的巴弟，巴弟不習慣這樣的場面，被三雙眼睛盯著看令牠渾身發癢，一躍起身，抖了抖，寶寶正好趁了這間隙一股腦的鑽進被窩裡，喧賓奪主。巴弟無奈的看著曼萍，像默劇主角等候觀眾反應，只見她們倆早已笑成一團。

寶寶當時才比糊塗熊大一點點，之後幾乎天天都來，跟吹氣球似的長得好快，巴弟開始敢推牠咬牠或撞牠，寶寶很喜歡黏著巴弟，牠們常常一起對隔壁的貓咆哮，在地毯上打滾奔跑，然後坐正領獎賞餅乾。

「握手。」子軒說。

巴弟把一隻手舉起。

「另一隻。」

巴弟把另一隻手舉起，子軒得意的用眼尾瞟視湘如。

「潘寶寶！過來！」其實她昨晚有偷偷教寶寶，還用掉了五塊餅乾，僅僅成功一次。

「握手來，快。」語氣中極欲說服。

寶寶盯著看了幾秒，往湘如身上一靠，湘如馬上讓開，「握手，快，寶寶。」

寶寶斜頭歪腦，又愣了一會兒，在地毯上打滾對湘如撒嬌討餅乾吃。

湘如這才想起來，轉頭拿了一塊餅乾，「快，有餅餅噢……」話還沒有講完，餅乾已經被寶寶一口叼去。

大家被逗得笑聲連連，湘如再也沒有教寶寶任何把戲，「算了算了，牠給我好好活著就好。」她對曼萍無奈的說。

子軒一臉驕傲的把巴弟緊緊抱起放在肩膀上，那是巴弟生命中最快樂的兩週，在這棟紅瓦屋頂的獨門別墅裡頭，牠還首次得到了不用在孤獨客廳裡度過暗夜的豁免權，倒不是因為寶寶咬壞了牠的床，爸爸說冬天很冷，剛好那晚小布丁去爺爺奶奶家住，曼萍終於答應，他們都好高興，爸爸床邊的角落好暖和，不用床也睡到打呼。

隔天曼萍去百貨公司幫家裡成員買了幾個同款的大碗，以示一種團結凝聚的力量，粉紅色留給自己，黃色代表小布丁，子軒只愛天藍，剩下綠色當然非牠莫屬。「其實綠色也挺漂亮的……」結帳時，她不忘在心裡叨叨碎唸。雖說是愛屋及烏，雖說是疼愛，但還是有高低之差，不過牠卻一點也沒介意。

牠喜歡每一個軍事化的早晨。

「巴弟不能在屋子裡跑！小布丁坐好！子軒你也不幫忙管管他們！好了好了，大家開動！」這時牠和爸爸會相互盯著比誰吃得快，牠總是拔得頭籌，努著鼻頭一臉神氣，爸爸氣得吹鬍子瞪眼的樣子好好笑。

牠喜歡曼萍連名帶姓的喚牠，雖然那通常代表大難臨頭。牠就是忍不住使些小壞，事後只要搶先一步滾在地上翻翻肚皮就能令危機解除，這是從寶寶那兒學來的招式。「你這大塊頭就是喜歡裝無辜，呦……呦……那隻手還幹嘛……」直到曼萍抓起他手掌輕拍幾下，那代表牠已經被原諒。

牠愛小布丁，他們也常滾在一塊就像兩兄弟似的。小布丁身上有股酸酸臭臭的奶味，四肢軟綿綿，幾個月下來，越變越小，轉眼間，牠已經不大敢用力推搡他，只能用鼻頭頂頂他的小肚皮。

小布丁撐著一雙小手環繞牠半個鼻頭，牠抖一抖，他也跟著抖一抖，爸爸看著咯咯發笑，曼萍卻笑不出來，板起臉孔就將小布丁一把抱走。牠不知道小布丁犯了什麼錯，曼萍總對他那樣嚴厲，不讓他和牠玩。

至於爸爸……牠反而不知如何形容。

爸爸出現在稀鬆平常的每一幕，盡是難以贅述的細節，但牠知道自己少不了他，就好比少不了糊塗熊那樣。不，是更甚於糊塗熊，再加上伊比鴨鴨和毛怪也不足以取代。

爸爸時常叮囑牠要幫忙守護這個家，牠趴在客廳的落地窗前，一待就是一個下午。那隻叫作考拉公主的怪貓，時不時的跨越欄杆，搖頭擺尾，也不知道在策劃什麼計謀，有幾次轉進死角，巴弟急得瘋狂吠吼。

「巴弟，不要亂叫！」曼萍在客廳轉著電視，渾然不覺外面發生的事，還有一群麻雀在樹上虎視眈眈，牠只得轉而向隔壁的寶寶求救。

寶寶稚嫩的低吼雖趕在第一時間遙遙呼應，然而轉瞬即滅，緊接著是湘如的痛罵，之中夾雜啪啪聲響，巴弟聽得出來是那隻黑色的皮製小手。那隻小手拍得極響，卻從來沒什麼準頭，寶寶嗚嗚的像是在哭，又像是在撒嬌，牠知道那隻小手是怎麼也落不到牠身上的。

雖然危機四伏，曼萍又傻矇矇的沒有一絲憂患意識，然而牠愛這個家的一切，願意用生命來守護這個家，正如爸爸所說，因為這是牠的家。

陪爸爸砌模型真是人生一大樂事，他一忙起來就什麼都忘了，潔牙骨和肉條幾乎是全天候的供應。巴弟舔了舔綠色大碗的邊緣，意猶未盡的等待塑膠袋的窸窣聲再次響起。

子軒小心翼翼的拿起尖嘴鉗，夾起一個零件，用模型膠黏合，再由鐵夾固定，全程屏氣凝神。巴弟只是靜靜看著他，哪怕只是反覆著一樣的動作，能在一塊兒呼吸著同一區域的空氣，都是好的。

清晨的鳥兒特別活躍，分批趕來預報破曉時刻，啾……啾啾……牠將頭撇向一邊，試探性的左右挪動，像搜尋到某個正確的頻道就能理解啾啾聲裡頭的含義。

「還在砌啊……」曼萍泡了杯熱牛奶進來，子軒暫且放下手邊的工具和零件，往辦公椅上一靠，頸椎轉動時發出喀喀聲響。

「今天去上班嗎？」曼萍擱下馬克杯時，瞥見躺在紙盒裡被小風扇吹拂著的零件。

子軒揉揉酸澀的雙眼，「啊呦，已經八點啦。」他雙腳一個敏迅踢蹬，辦公椅滑向書房另一端，巴弟嚇了一跳彈起身，挪身至靠近門的角落再躺下。

「這是哪裡來的？」曼萍徘徊在桌前像伺機而動的母豹，覬覦著細緻薄脆的半成形組合零件。

「歐洲。」子軒說。

「看起來不像啊……」曼萍再三的端詳，蠢蠢欲動，子軒那頭滑鼠鍵的喀嗒聲像是種警告。

「這要弄多久？」她背著手緩步向模型零件們逼近。

「三個月?!」子軒兩手拍在電腦桌沿，辦公椅又往後滑動了幾寸。

「不會吧……」曼萍瞟了一眼牆上的日曆，「那都要十二月哩……」

「就是說嘛！」子軒說。

一轉眼，子軒撥了通電話給柯主任，曼萍才發覺兩人合拍的對談，完全落在不同的事件上。

掛了電話後，子軒繼續點開其餘的信件。

「不去就不去，何必講那種話。」曼萍的手搭在他肩膀上，目光沒有離開過那輛汽車模型。

「他囉唆什麼，又不是他去。」子軒火氣正焰，曼萍欲講些安慰的話卻被他搶在前頭：「其實就叫姚經理去嘛，她西班牙文那……麼好。」那拉長的音調讓子軒顯得非常小家子氣，聲音捏起來像個女人似的，曼萍猜想姚經理應該就是那位和子軒處不好的同事姚樂思。

曼萍話鋒一轉，「這就是你要送巴弟的禮物？」

「誒……別碰，那還沒乾。」子軒急忙將模型端開，曼萍咕噥著：「牠又不會玩。」

「誰說是要給牠玩的，這是要放在牠房間裡的。」

「房間？牠什麼時候有了房間？」

「呵……對，我還沒來得及告訴你，」子軒一手托著下巴，目光對著空氣中不具體的某一塊，「今天早上我一直在想，二樓雜物房裡的東西收一收堆到車庫，說不定可以改一個小房間……你說呢？」

「給巴弟？」這件事曼萍也和子軒提了幾次，因為小布丁也大了，不能老是和他們擠一間房，現在他只不過把小布丁改為巴弟，就把這事當作是自己的構思。

曼萍提起一口氣正要破口大罵時，子軒似乎也嗅出了端倪，「好啦，牠和小布丁的房間。兄弟倆一起睡。」

「你瘋啦！小布丁還那麼小。」

「那到時候把客房也改一改，可以了吧，看。」子軒得意的用鑷子夾起一個小零件，是印有特別數字的車牌。「巴弟的生日，記得嗎？」他自顧自呢喃著該月份的星座和巴弟的性格如何雷同，拿起一片砂紙，折半，再折半，窸窸窣窣的修起邊線。

曼萍用驚愕的眼神狠狠朝他瞪了一眼，「算你行！」她哼了一聲，沒好氣的轉頭要走。

「誒……等等。」

「又怎麼了，老爺子。」

「幫我帶牠出去好不好？拜託……」子軒雙手合十抵在下唇邊，祭出天使般的純真雙眸，只不過面色蠟黃枯槁，鬍渣遍布腮幫子，和那掃興的崩裂雙唇形成一幅無法與一年前相遇時的那個他相連的畫面。

「真倒胃。還有你啦，也是個討厭鬼。」曼萍指著巴弟的鼻頭，扣起拉繩。

巴弟踏著懶洋洋的步子隨曼萍踱出門口，依依不捨的回頭看了一眼又一眼，像是預知了他們的最終別離。

牠到現在都還不知道歐洲是個什麼樣的地方，曼萍說那在很遠很遠的地球另一端，她還說如果牠不乖，爸爸就不回來了。那段時間牠保持著完美的紀錄，沒有染指家裡任何一寸地毯和木頭地板，可是最後還是得到了懲罰。

4

無常雖是生命的本質，但誰又能在與它正面交鋒時保持理智？

才下飛機就接獲噩耗，子軒心裡淌著血，是冰冷的，他真心希望曼萍能把話收回，然後再叱責這玩笑話並不有趣，因為沒人會拿家裡人開玩笑，連她也不允許。

起初看到簡訊裡的內容，還以為曼萍存心作弄他，是鬧著玩的，但笑點在哪？他越想越不明白，曼萍一逕避著電話，他氣極也只能對語音信箱飆出惡言。

「周曼萍，什麼叫沒了？」

「你當初是怎麼答應我的！你快給我說清楚！」

「丟下這種不負責任的話，你還是人嗎！」

司機小郭老早就在機場外等他，見他臉色蒼白，面無表情，便順口問了一句，「潘先生，是不是著涼了？要不要先載你去給醫生看一看？」

他眼神直愣愣的猛搖頭，「快走吧，直接回家，開快點。」

小郭不敢怠慢，把行李抬上後車廂後就急忙發動引擎，不時在後照鏡中檢視子軒的狀況。

子軒低著頭握著手機滴答猛按，簡訊一封封傳出去都像石沉大海般一去不回。他過幾分鐘就喘口大氣，換了個姿勢又將頭低下，自己可能沒發現，但那越來越沉悶的吐息聲都被小郭聽在耳裡。

「開到哪了？還要多久？」子軒心急又催了一次，小郭狠踩下油門，黑色的加長版轎車如蛇般在高速公路上迅馳竄行。

寂靜中，子軒的手機突然嗶了一響，是封簡訊，「對不起，我真的不是故意的，真的對不起……」僅僅兩三句，都是抱歉，讓子軒的心又直冷了下去，那等於徹底滅除了他心中抱有的僥倖。

到了家門口，子軒立即將小郭遣回，他不願讓任何人看到這幕。

顫抖的右手險些抓不穩鑰匙，那是氣、慌、悔，是驚嚇和極悲中的癱軟乏力。鎖孔只是一逕地閃躲，他連這件事也掌握不了，更是驚怒交纏得不知如何是好。

最後雙手並用穩穩的嗑一聲，家門終於開了。子軒目不斜視，隨著怨念的直覺走上二樓臥室，木門早已緊緊鎖上。

「周曼萍，你給我開門！」他哪裡會在意家裡有沒有客人，小布丁是否在房內與曼萍一塊，想起一條好端端的生命就這麼沒了，他攥緊的拳身又往木門上猛搥了幾下。「我真後悔把牠交給你這麼一個靠不住的人！……」

曼萍沒有回嘴，像心裡早做好了準備，任這狂風暴雨席捲而至，讓時間削弱這力度，事情總會過去的。她蜷縮著身子抵在門前，五臟六腑被震得麻麻的，袖子不停的往臉上揩抹，浸溼了一大片。

「你說牠到底哪裡惹你了，蛤?!你給我說啊！」

「我沒有，那不是我能控制的，是意外，全都是意外……」她一味的解釋，他卻壓根沒在聽。

「你到底是哪根筋出了毛病，不搞得天翻地覆你就不滿意是不是？……哪天你一把刀過來把我給殺了，我也不意外。呵……對啊，然後你會哭哭啼啼的說那只是意外。」

她還是不回應，子軒怒得大吼，「那你殺了我好啦，為什麼要拿牠出氣，蛤?!」他開始胡言亂語就是想激起她的憤怒或回應，什麼都好。

「是意外……我也很疼巴弟……我也很難過……」她微弱的顫聲像在為自己辯駁，而那力道僅如她的聲線一般乏力。

子軒的口氣突轉為陰冷無情，憤怒的語調中哽著輕微的顫慄，那是火山爆發前的熔岩。然而她絲毫沒有察覺，抽抽噎噎試圖把話說得完整，「巴弟不小心被刀刺到了，牠自己就愛亂跑，可是送到醫院時還沒事，我也以為沒事了啊，誰知道小布丁剛好也病了，幾天後他們卻說巴弟……說牠……病死了。我也不知道怎麼突然間會這樣……」

「周曼萍，你知道什麼叫作電話嗎？如果你白痴到什麼都不懂得處理的話，你就應該打電話給我！」他才剛耐下的性子在轉瞬間又被引爆。

「媽說讓你在歐洲專心工作，回來也是於事無補。我有想過這麼大的事應該讓你知道，但媽說的沒錯，你在那麼遠……」

他哼一聲冷笑了起來，爸媽二字此刻聽來格外的諷刺，他們早連成一氣……所以罪魁禍首竟然是他自己，他不該去，不該把牠留下，留給他們這一群冷血魔鬼。

「話全都給你們說了，你們都對，是我錯了，可以吧！」

他終於噤聲，甩上門，曼萍鬆了口氣，卻沒料到這只是暴風雨前的預演。

子軒甩上大門後，仍怒不可遏，轉而向花圃裡的花草狠下殺手。曼萍心愛的玫瑰花被踹得枝斷葉飛，花瓣在子軒皮鞋下已碾成軟爛的一塊塊，待力竭後他雙手撐在膝蓋上喘息，才抹乾的淚痕又溼成了一片，眼前只剩下模糊。

寶藍色的休旅車毫無目的在馬路上疾馳狂奔，子軒渾然未覺的開進了小巷子，一個向右的急轉彎險些撞到一位婦人和男孩。

天空忽而斑駁了起來，一塊紅一塊紫像是淤血未散，不多久連最後一塊也轉為烏青，天整個暗了下來，顯然已過了下班時間，他從這兒過去正好不用和同事們照面。

他那有如小套房的辦公室，裡頭一應俱全，然而已經將近三天他都沒能好好的睡上一覺。眼睛才剛闔起就出現巴弟的臉，對著他呵呵憨笑，抓著他問為什麼，為什麼……

這孩子連替自己聲討都帶著笑……牠那時傷的重嗎？痛不痛？曼萍說到達醫院時已經沒事，所以是在醫院才又感染併發其他症狀？抑或是她說謊？他已經不再信任她。

攤放在辦公室的行李箱裡都是他們的禮物，一件異國風情的厚重毛毯裡裹著名牌狗用雨衣雨鞋，幾條女用絲巾、包包和化妝用品，還有幼童版的登山後背包和太陽眼鏡。子軒整理行李的那一晚硬塞硬擠叫苦連天，忍不住撥了通電話和曼萍洩漏了風聲，要她準備一頓好吃的等他，食物要美味才有飯後的拆禮物時間，否則就全數充公……哇哈哈……他賊賊的笑全都錄在留言信箱裡頭。

想起這些，他還是不自覺的將嘴角往上微微一牽，可怎麼……一個好好的家就這樣沒了……

辦公桌的案頭，擺放一座三面摺疊式的壓克力相框，中間的全家福照，背景是醫院的恢復室，下方日期載明了小布丁的誕辰日。左邊一張是小布丁和曼萍的母子溫情合照，右邊那張則是他和巴弟這對俏皮父子檔。他想起那次抱起咧著嘴大笑的巴弟，勉強騰出左手比了個勝利手勢，不一會兒，他倆便重心不穩雙雙狼狽仆跌，所幸曼萍高超的攝影技巧讓他們得以留住那個瞬間。

他點開檔名為「家」的檔案夾。他記得巴弟剛到家時體積就已經不小，他告訴曼萍應該還會再大一點點，但不多，就一點點。沒想到那一點又一點的，累積起來早已超越他們心中所能接受的尺寸。

怎麼長越大牠越少笑呢……就在子軒下了這個結論的同時，好像對牠的虧欠又多了一些。一陣今昔之感交錯盤桓，子軒攥緊拳頭，砰一聲重捶在實木辦公桌上。一輩子的時間，竟如此短暫……

還記得去歐洲的前一晚，大雨滂沱，他和曼萍趕到爸媽家時，小布丁還在二樓客房酣甜睡著。

「曼萍，來啦？」潘媽遠遠的就喊她，現在角色互換，子軒倒成了透明人，他帶點敵意看了曼萍一眼，她一臉得意撇開頭去廚房幫忙準備碗筷。

「小布丁呢？」子軒問。

潘媽努著嘴朝上頭指，潘爸剛從二樓客房踱出，「我看小布丁今晚還是待這好了，徐媽說他有些著涼，明天一早請陳醫師來看看。」

子軒和曼萍對看了一眼，都沒有什麼異議，反倒是潘媽有些過意不去，像霸佔著孫子似的，「這幾個月曼萍乾脆也搬來，這裡反正地方大。」

「誒，好，好啊！這可是兩全其美的辦法。」潘爸也大聲讚好，其實曼萍自己一個人也懶得煮飯，以前子軒不在時她就常來這搭伙，徐媽做的菜與外面餐館相比可是有過之而不無及。

子軒還在那支支吾吾的，想婉拒又講不出一個所以然，曼萍大約也曉得他的意思了，「我叫小郭載我來，方便得很，三餐來這搭伙，順便看看小布丁。你們到時不要嫌我煩才好呢。」言下之意就是要把小布丁留下，潘爸和潘媽也就不再多勸。

兩人吃完飯就提早告辭。子軒正頭痛還未收拾完畢的行李，曼萍在車裡忍不住埋怨，「你把我娶進門就是要當你的狗奴才。」

「哎唷……巴弟也是你的孩子啊。」子軒幫巴弟配了一套粗礪而飽滿的聲音，「媽媽，你不要我了嗎……」話裡儘是撒嬌的意味。

曼萍依舊冷冷的說：「所以我把一個孩子放在那，只顧著另一個，這樣對嗎？」她這一駁，子軒只得噤聲，車內突然一陣突兀的靜默。然而她也沒有真的要為難的意思，一連哼了幾聲，音調卻是頻頻放軟，「你對你老婆還真好啊。」頭朝車窗外撇去。

子軒這才迎合的哄了幾句，還即興改編了一首快歌，用破銅喉嘶聲高唱著，曼萍笑著猛拍儀表板，也跟著哼了幾句。

休旅車一駛進車庫，子軒就察覺有些不對勁，門縫裡洩出一條黃光，彷彿還閃過一個人影。

「你沒關燈嗎？」他壓低聲音問。

「不是你關的嗎？」她答。

「我記得好像只留下一盞小夜燈。」子軒說著將門把上的鑰匙一轉，「咦……內門沒鎖？」他又問。

「不是你鎖的嗎？」他問，但自己也不太確定是不是真忘了鎖。

開了門，整條走廊的燈都亮著，白牆上幾抹黑印子，門口玄關處一灘水漬流到客廳地毯，明顯有人來過，他不敢叫嚷以免打草驚蛇。

當下也忘了要查看警報器，第一個念頭就是家裡失竊了！他低聲叫曼萍從車庫先退出去報警，自己則抄了支棍棒逐步往前探查，凌亂的客廳盡是紛飛的紙屑，電視音響都還在，但花瓶被砸破幾隻，碎玻璃渣噴發四散，物品遭拖曳的痕跡處處可見。

那麼巴弟……他再顧不得那麼多的四處吶喊，「巴弟！巴弟？」

他先奔至落地窗前查看門窗是否鎖緊，巴弟極可能溜到後院玩泥巴，可是落地窗的鎖仍緊扣著，一眼望去也不見牠的身影。

「會在二樓嗎？」曼萍喊出聲的同時，子軒正拔腿奔上樓，卻意外的發現了事件始末。

「牠沒事。好得很……」子軒下樓時淡然的說。

人說最危險的地方就最是安全。巴弟驚怯的躺在開放式廚房的中島底下發抖，龐大的身子其實躺哪都一樣醒目，只是子軒和曼萍偏偏漏查了這一處。

自從上週子軒的皮箱攤在地上開始，牠就鬱鬱寡歡，飯也吃得少，動不動就軟綿綿的躺在破舊的圓點小毯子上。

「你這小懶惰鬼，天氣一冷，連飯也不用吃啦？你不吃我拿走囉，拿走囉……」只有子軒逗逗牠時，牠才又生龍活虎的躍起。

眼看著皮箱裡的東西越來越滿，牠越發著急了起來，不時在箱子周圍轉繞或用鼻子撥弄子軒的手肘，就是不讓他專心收拾。

今晚牠似乎也感覺到這是最後一夜，子軒一早答應要帶牠去公園走走，哪知道又食言，連人都不見了，留下牠獨守空屋，牠氣得大鬧別墅，鬧到精疲力竭後聽到車庫聲，才硬生生被拽回了現實。

「出來啊，敢做不敢當啊！」子軒隨手抄了一條皮帶，沿路發出啪啪巨響，以示心中的惱。

牠蜷曲著身子，緊貼在冰冷的大理石上，滿腔的憤懣已燃燒殆盡，而子軒激越的怒火才剛被燃起。原本就在極不情願的狀況下不得不去歐洲一趟，行李收得慢當然也是因為不自覺的抗拒心態在作祟，沒想到這巴弟幫不上忙，反而還來亂中添亂。

曼萍不解的上樓查看，竟噗嗤一聲笑了出來，她竭力克制，終究是無法。就像被擊中笑穴般，她一屁股跌在地毯上，眼角飆出了淚水，肚子酸疼難耐，她懷疑子軒是怎麼抑制住笑意的，瞧他一臉方正嚴肅的模樣，還拿著皮帶啪嗒啪嗒的響，這兩幅並行的畫面在曼萍腦裡切換著，她捧著肚子，扶著牆大叫：「哎呀，不行了，不行了，不行了……笑死了……」

「怎麼了你，就這麼不滿意是不？……那你賺錢養我啊？不如你去歐洲，我留在家裡好了，怎麼樣？……」他越罵越凶，話裡頭的不合理成分也隨爆破的情緒般一發不可收拾。

曼萍從二樓踱步下樓，本來還殘留的幾分笑意，馬上被那股忿忿的氣場給滅了。「好了啦……你不得不佩服牠的創意……」想到這，她又不支的笑了起來。

他狠狠瞪了她一眼，顯然不欣賞這裡頭的笑點，她沒好氣的收拾起地上的碎玻璃，剛低下身就看到牠挨在中島旁。

捨。

「吼……」曼萍上下晃動食指，對牠擠眉又弄眼，看著牠不停顫抖的身子也心感不

子軒找了十幾分鐘，氣早消了大半，開始有些擔心。「好了，巴弟你快出來，給你最後機會！從寬發落。」

「你說的喔？說話算話，不能抵賴！」曼萍抓住子軒這句話，把牠連拖帶拉的拽了出來，牠眼神中仍透出極度恐懼，一邊發抖還一邊往牆角裡猛鑽，雖然皮帶沾都沒沾到牠一下，但爸爸的脾氣不發則已，發起來可是嚇死人。

哐啷！是皮帶扣撞擊地面的聲響，警報解除，牠鬆了口氣，但仍按兵不動的縮在原處。

子軒嘆了口氣，沿路拾起地上的衣物，牙膏和制汗劑從盥洗包內甩出飛得老遠，燙得筆挺的襯衫已經又皺又髒，只有西裝因為還吊在衣架上而獲倖免。越往上走，景況就越加不堪，看到自己的貼身內褲被蹂躪撕扯得體無完膚，一條條的橫臥在樓梯間，活像是一種侮辱。

一條、兩條、三條……他數到七條時終於也噗哧一聲的笑出來。那棉質的內褲被牠撕成一塊塊像碎花，大小不一的圍著行李箱鋪撒了一圈。

「你看吧！我就跟你說牠很有創意。」曼萍得意的湊上臉去，她一路尾隨著他就等這一刻。

「噓……別這麼快原諒牠。」子軒用食指抵住緊閉的唇，決定明天一早出門前再和牠握手言和，一晚的反省足夠了。

曼萍已經陸續將僅剩的完好衣褲襪子丟進洗衣機，子軒在一堆亂中仍急忙找尋什麼，最後在扯破了的毛衣底下發現那台汽車模型，他輕輕拂去上頭的毛料纖維，慶幸它還完好如初，轉頭瞪了巴弟一眼，牠連忙夾著尾巴溜回客廳的圓床上。

隔天早晨，子軒還沒揉開眼睛就大吼起來，花費不到十分鐘時間已經在計程車上。

「司機，麻煩你開快點，我趕時間。」

「人人都趕時間，但老兄，我已經超速哩。」

子軒從皮夾裡再掏出兩千，司機大哥的右腳同步催了下去，終於在登機的最後一刻前趕上了。

扣上安全帶後，他眼神依舊鍚澀無神，除了擺在鞋櫃上的幾份文件和重新清洗熨燙的襯衫忘了帶上之外，還漏了什麼……他努力的思索著。

「我以為你趕不上了。」坐在隔鄰的正是姚經理，當初柯主任顯然錯估了形勢，歐洲分公司的罷工情況比想像中惡劣許多，除了他們倆之外，還有三位同事隨行。

「噢……嗨。」子軒從不喜歡她，嘴裡笑著招呼，心裡卻是第二個想法：「吶……又來了，一趟長途飛機需要穿著那麼隆重嗎？」相形之下，他一身輕便的束裝顯得寒酸，更別說腳下一黑一白不成對的襪子，都是曼萍幹的好事！

「菁英改革計畫那份文件你有帶嗎？」她眼睛不十分大，但銳利如鷹隼，容不下一絲苟且和不確定。

「喔，原先的那份不太完整，」說到這，他不自覺的清了清喉嚨，「我請梁祕書寄了一份新的給我，現在應該已經在信箱裡了，一下飛機就能印出來，旅館裡應該有影印機吧，不然去公司再印也行。」子軒畫蛇添足的解釋很是多餘，只是她的目光不斷的推逼著，他總覺得該給出些交代才好。

「不要緊，我多印了一份。」她從高跟鞋旁的公事包掏出一份文件，深藍色封套俐落如其人。

他接下文件，風度翩翩的腦殼底下塞滿了咒罵，原本暗忖這趟航程可用來補眠，壓在包裡的充氣枕頭儼然已無用武之地。想到未來的三個月都要和這工作女狂人黏在一起，就……唉，不想也罷。幸好廚房飄來陣陣麵包香，他要了杯香檳，用腦之前最好先補充能量。

「不好意思。」一位年約花甲的婦人和子軒禮貌性的點了個頭，擎手要搆座位上方的行李箱拉扣。應該立即伸出援手的子軒卻像是被皮座椅黏牢了似的，姚經理幾次斜視他，他也只是笑著即把臉轉開。

那婦人踮起腳跟，將右手伸展至極限，箱櫃開了，但那砰的一聲響卻引來不少側目，接下來她試探性的摸索舉動讓子軒決定豁了出去。

他小心翼翼的站起身，體態彆扭，所幸他身高手長，輕而易舉的就找到被壓在黑色登機箱下的手提包，期間不忘頻頻將褲管褪至鞋邊，好蓋住黑白雙雄，但切記不能太過，否則就換內褲頭要露出來了。「蕾絲花邊，什麼噁心東西啊！……大男人穿那哪能看，不如殺了我吧……」他記得上個情人節收到曼萍的惡搞禮物時，曾信誓旦旦的這麼說過。

噢，不！……它已經露出來了，姚經理急忙轉開的臉頰泛起紅暈，子軒窘得恨不得鑽進空姐正推過的餐車裡。

他想了許多套說詞。「呵……那是我太太送的，你知道……她就是無聊。」「其實它底下並沒有想像的那麼糟，真的啦，不然你看。」「是男用的，當然，事實上它還是馬克大師的傑作……」但最後他還是決定讓這件事在十萬英尺的高空壓力艙下被漸漸淡忘。

他癟著嘴淡淡的哼了一聲，要不是因為臭巴弟搗亂……

哎呀！……昨晚！

哎呀！今早……

忘了跟牠道別。

沒想到，這一別竟是永遠。

5

天悠悠轉亮，子軒在一片哀嚎聲中甦醒，僅僅睡了半小時，神色枯槁。他拿出盥洗包裡的電動刮鬍刀，在臉上滋滋刷上幾下，還原了一張白淨的面容，卻仍舊無神無色。走出浴室後他劈頭又倒下，癱軟的身子一半掛在沙發上，另一半搖搖欲墜，失衡的掙扎著。

「什麼?!姚經理辭職了？我的天啊，你確定嗎？」佩君幾乎尖叫著說，梁祕書點了點頭，鎮定的神情中略帶點得意。

「不會吧？」阿原耳聞也湊上來問。

「嗯哼。」梁祕書再度確認了一次，緊接著是幾個不懷好意的奚落從辦公室的四面八方竄來。

「那女強人也有今天……喝！」

「我還以為這份工作是她的命。」

「東家不幹幹西家，你是死腦筋噢。說不定人家現在飛得更高更遠了呢……」

「所以她是跳槽囉?!……誰請得起她啊，是誰是誰？」

同事們開始吱吱喳喳聊個沒完，星期一早晨的八卦簡直比幾杯濃縮咖啡都來得有效，大家精神為之一振，氣氛登時熱鬧了起來。

陽光從百葉窗的縫隙中篩出一條條光線，在子軒臉上一刀一刮，他不耐的起身轉動圓桿，木製百葉齊齊倒向一邊，那聲音也並不響亮，而耳尖的佩君在一秒內已奔回辦公座位前若無其事的收拾著文件。

「老闆在？」阿原手指著子軒的辦公室問。

喧嘩聲瞬間刷地一收，幾位同事作鳥獸散紛紛奔回座位，梁祕書低頭確保胸前緊抱著的檔案夾沒有遺漏。

又安然的度過幾分鐘，梁祕書信誓旦旦的說：「我很確定我是今天第一個到的。」

「會不會是你去洗手間時他剛好來了？」阿原試圖挑剔話裡的其他可能性。

「不會啦，我一直在這。」負責公司清潔的吳媽握著吸塵器手柄也過來湊熱鬧，「腳借過一下。」她說。

阿原趁勢離開了座位，吸塵器的轟隆運作聲彷彿召喚著群眾，一個個又放膽的靠了上來，「所以他睡在辦公室?!」芳姊下了這個結論，神色裡存有半分忸怩。

「其實那又怎樣？」阿原聳了聳肩。

「那……確定只有他一個人嗎？」東哥乜斜著眼睛反問，這下子其他同事都聽懂了箇中的意思，「噢」了長長的一聲，相視而笑。

子軒在裡頭沒有興趣知道同事們聊的八卦，更沒心情去考核他們的工作績效，才剛從歐洲出差回來，他本來就預計請假一週，此刻更提不起勁工作。他從行李箱裡拿出幾份文件，按下分機。

「潘先生，您找我？」梁祕書一對柳葉眉橫架在秋波之上，烏黑的長髮垂肩，玲瓏有致的曲線在那套剪裁合度的套裝下完全得到發揮。一股濃濃的香水味跟著她一塊進了辦公室。

「這裡幾份文件幫我拿給柯主任，最近不要幫我安排會議，我應該這兩週都不會進來。」

「好，沒問題。」她畢恭畢敬的微笑點頭，等不及出去分享新的發現，有一塊類似睡袍的絲質緞子從鐵抽屜中露出一角，她趁子軒整理文件時，又多看了幾眼確認那是女用的。

她心急的轉身，賊笑已經從齒縫中迸出，哪知道臨走前子軒又叫住她，「你那裡有什麼急事嗎？」

「大部分都已經辦妥，剩下的那些不急，可以等您回來再處理。」

「喔，好。」子軒剛低下頭，她又跨出雀躍的幾步，將門開啟。

「誒，等等。」他說。

她不耐的臉龐在轉身的瞬間已然還原，「還有什麼事嗎，潘先生。」她微笑著說。

子軒低下頭，從行李箱裡掏出幾盒大小不一的禮品，「這裡有幾盒巧克力、花茶包、咖啡粉和果醬，聽人家說不錯就跟著買了一些回來。幫個忙，拿出去看同事們誰有興趣。」

子軒平時在公司甚少和大家互動，自然也就談不上友好，面對這突如其來的善意，梁祕書倒有些不好意思，八卦的興致頓時減低了不少。

她再瞥了一眼那絲綢緞子，其實有可能只是一條極普通的絲巾。子軒順著她的眼神也往抽屜那兒盯，「怎麼？」他問。

「喔，沒有，潘先生，你臉色不太好，病了嗎？」梁祕書急忙隨意扯了一個話題，而當中卻也含有幾分真情流露。

「是啊，有點感冒。」他隨即假咳了幾聲。

「那真的應該請個假，好好休養一下。這些東西我就代同事們謝謝你囉。」她捧著一堆精美包裝著的小老闆的心意離開了，頃刻間就遭同事們羅掘一空，待三小時後她再去茶水間時驚呼，「哇……你們是蝗蟲嗎？」

「放在那不就是要讓我們拿的嗎？」慧珍左手握著一杯花茶解膩，嘴裡還嚼著巧克力。

阿原搶了出來，「這位小姐，第一，你的身材實在不適宜再攝取這樣高卡路里的食物，第二，請問你在嚼口香糖嗎？這樣高檔的巧克力應該這樣吃……」他即刻剝開一塊標示著百分之八十五純度的黑巧克力，緩緩放入嘴中，「要讓它在唾液中慢慢的融化，味蕾才能好好品嚐……」他閉起眼一副陶醉的模樣，東哥啪的一聲在他面前大力拍了個掌。

「你要嚇死人啊……」阿原說。

「誰叫你那副娘樣！」東哥隨意抓了一片土司，大口的嚼了起來。

「東哥說的對，娘得討喜也就算了，還生有一張臭嘴，惹人厭。」慧珍往東哥那靠去，趁勢挾怨唸了阿原幾句。

「講話老實一點就臭嘴，那些口蜜腹劍的人，有比較好嗎？」

「總比你好！哼。」慧珍說。

「哇咦，你看你那什麼論調，天吶……這世界果真是黑白顛倒了，哪需要等到末日，這不就是人類的末日了嗎……」阿原特別誇張了情感，慘澹的臉龐還微微抽動了幾下。

佩君聞到便當香氣才發覺已經是午休時間，見梁祕書還在桌前努力，便將雙手交叉靠在屏風上，挑著眉調侃著說，「怎麼這麼勤奮啊……該不會想接任本公司女魔頭代表吧，午飯都不吃，這不像你喔……」

「這些資料得先備好，不是不吃，是沒空吃。」

「現在午休耶！」

梁祕書聳了聳肩，微微一嘆，而眼手並沒離開過電腦螢幕和鍵盤。

「快說！剛才挖到什麼好料？」佩君又湊近了些，用手肘輕敲她的後背。梁祕書被撞了一下，不小心打錯兩個字。

「誒，你別害我，小潘先生要請一個禮拜的假，這些資料我得在他離開前先打好給他簽。」

佩君沒好氣的退回到屏風後頭，梁祕書接著淡然的說：「我看這下柯主任可得忙死了，歐洲事件的後續他得全權處理。」

「太誇張了吧！……是水土不服嗎？怎麼才一回來，病的病，辭的辭。」

「不過我看那多半是心病……」阿原沒聲沒息的拿著便當在後頭聽了一陣後發表高見。

三人間一陣默然，不知該把氣氛往哪邊帶才好，畢竟嘴裡手上都是人家的心意，正所謂吃人嘴軟，而現在正處於界線邊緣，不進則退。鍵盤聲又開始滴答響，梁祕書顯然是沒打算再接話。

「我也要去打給我的阿娜答了……」阿原搖頭晃腦的哼著歌離開了。

「喂，話說清楚啊……」佩君仍不死心對著他高喊。

「這種事我哪會清楚啊，你當我是他肚裡的蛔蟲喔。」

午休大約過了一半，子軒從辦公室踱出，放下兩份文件在梁祕書桌上，「藍色這份請你拿給姚經理，另外那份透明夾給柯主任，有事再郵件或電話聯絡。」他一邊交代，又簽核了幾份開發案的初步企劃書，待要離去時，才見梁祕書面露難色。

「這兩份可能都得給柯主任……」怕子軒不解，梁祕書接著又補上，「姚經理辭職了，你不知道嗎？」

「辭職？為什麼?!」子軒的過分愕然令梁祕書怔了一怔。

「她沒事先告知您嗎？」

子軒交代了些其他事便將這話題輕輕帶過，搭上電梯後卻直奔十七樓的人力資源部和曾姊閒聊了片刻。所有能夠挽留的方式當然都已經用上了，「她十分堅決！」曾姊說，「要不是擔心交接上的遺漏才懶得跟她說那麼多。」埋怨的語氣表明了也和其他同事一樣不欣賞樂思，她其實很好，那些所謂的不好只是她掩飾自己內心脆弱的一種自我保護。子軒看過她對自己的嚴苛，相比之下那些她對下屬們的要求根本不算要求，她應該至少替自己辯護一次，她值得更好的對待，有什麼是他能做的嗎？加她薪水還是升職？或配給更多的福利，索性就比照他的福利吧？或調她來當他的祕書呢？不行，那太大材小用了，或有些什麼是他能做的……

電梯將他帶到一樓，心也跟著回到穩固的平面，以後也跟著喚她作姚經理了吧？她的辭職也不是沒有道理，以她的工作能力，到哪去都能受重用，他什麼都給不起啊，自己的生活一塌糊塗，連對巴弟的承諾也沒能守住，天吶！他離開甚至不到三個月，世界好像已經翻轉了幾圈，巴弟究竟在哪？

6

想了許久，他不得不去那裡一趟，打定主意後，子軒才回復些精力。一路上他回想著曼萍敘述的種種經過，結論是只要找到那晚當值的店員就應當能夠挖掘出一些線索。

他當然明白他們沒那麼輕易屈服，心裡擬定了幾套方案。若店員硬不承認那晚的事，他就要把事情鬧大，他們打開門做生意，難道不用顧及聲譽？

在日光的朝氣下涼風徐徐撲面而來，他另外想到一件事，信心頓感倍增。「店內備有攝影器材，請君子自重。」他記得不止寵物店掛有這標示語，隔鄰幾間也都有，這下也不由得他或她不認帳。他笑顏逐開，手肘輕靠在車窗上展現一種勝券在握的姿態。

他將車駛進一座竹製大牌樓，「龍門夜市」斗大的四個字橫在上方，一旁還掛著兩副對聯，紅底金字將這夜市的熱情顯露無遺。紅咚咚的大燈籠沿著街燈懸掛，一個連著一個，像沒有盡頭延綿至遠方。

也許是時間還早，夜市還有許多小吃攤尚未開檔，空蕩蕩的一整條街，像還未塗上色彩的圖畫紙張，是沾上許多灰點點的白紙。他不願再浪費一分一毫的時間，往那條熟悉的小巷快步疾走。

原本閃亮的霓虹燈破損了幾顆，招牌歪倒一邊，有種不安在子軒心裡惴惴而生，他自動放慢了步伐，像不願面對那一刻的到來。

緊閉的鐵捲門上方有孩子們一塊塊未完工的塗鴉，店面走廊卻熱鬧異常。左側被隔壁服飾店的衣桿和花車佔據了大半，右側則在水煎包饕客的踴躍下塞滿了人龍，排到交接處的客人還不時翻一翻花車裡的衣服，連成一氣的繁華喧鬧硬生生將中間一整塊的荒蕪給吞蝕了。

「杜老爹貓狗樂園」已然關門大吉。

他怎麼就沒料到這種可能性，是啊，犯罪的人怎麼還會留在原地等著被活逮。子軒頓時陷入茫然，他彎下腰，用手托著膝蓋，究責的黃金時刻悄然流逝，現在早已人去樓空。

「來喔，不買也看看，喜歡都可以再打折……」一位瘦高的男人拿著麥克風大吼，但那麥克風顯然無用武之地，他實在中氣十足，站在椅凳上居高臨下給人一種無形的壓迫，沿街經過的幾個女學生目不斜視，摀著耳朵快步奔過。

掛滿店鋪的紅布上幾個聳動的標題，「最後一天！最後一天！」「限時搶購！買到賺到！」「歐洲進口名牌衣褲，清倉隨便賣！」「零碼衫不再補貨，要買要快」。全都是看著會令人莫名心急的字眼。

攝影機，對！子軒再次提起精神，往對面的名牌清倉大拍賣店門口走去。收銀櫃台裡站著一位老頭子，子軒趁著客流的空檔湊步上前，「請問門口那台攝錄影機是你們的對吧？」

老頭子瞥了他一眼，並不太搭理，拿出帳簿在那劃啊劃的，子軒欲再問時，老頭子突然伸出熱情的手從子軒右側穿越，子軒一怔往旁閃躲，後面的客人立即卡上位，「老闆，這還有新的嗎？」

「中碼，有啊，要幾件？」

「一件灰色條紋，一件黑色，褲子呢？」

「有，都有。」

「那也順便幫我拿兩件。」

「皮鞋要不要順便帶一雙？」老頭子笑著問。

客人似在猶疑，老頭子趁勢從鞋區挑了兩雙最時興的款式，客人果然大受動搖，兩人一砍一抬間即談好了價格。

子軒照樣畫葫蘆，挑選了幾款單價較高的西裝和襯衫，「老闆，這些麻煩幫我包起來。」

一筆生意連著一筆，老頭子笑到闔不攏嘴，「誒，你好眼光，這款昨天才到貨……」

子軒見他那張笑臉充滿著善意，若無其事的說：「對面原本不是一間寵物店嗎？」

「關囉……」老頭子斂起笑容接著說：「就兩三週前吧，收得很急，聽說是因為合夥人之間出了些嫌隙，那就不成囉，做生意就是要以和為貴才好……」

「他們老闆您認識嗎？」子軒緊接著問。

老頭子似有了戒心，上下端量著子軒。

「啊呀，忘了自我介紹，我姓潘，是瑞康醫療用品的業務經理。我們近期在推幾款新產品，希望能和老闆談一談。」子軒接著作勢要掏名片，掏了老久都沒見下文，只好尷尬的一笑。

老頭子不介意的擺了擺手，「醫療用品？」他問。

「喔，是這樣的，我知道寵物店偶爾會幫犬貓施打預防針疫苗和開些營養藥品。最近我們有一款新的疫苗，價格非常低廉。」

子軒話說得宛轉，其實就是無牌的獸醫行為，這件事老頭子也略有耳聞，心裡並不認同，但這世上不認同的事情實在太多，莫說他只是個老頭子，就算是有些權勢的又能管得了幾樣。

看小伙子說得熟門熟路的，應該八成真的是合作人介紹的，老頭子點了點頭，「老杜很少親自來這，顧店的都是那些年輕人。」

「那麼哪裡可以找到他呢？或是他搬去哪裡開店了嗎？」

「這我就不清楚囉……」老頭子已經將視線轉移到下一位客人身上，子軒見狀又煞有其事的拿起一隻鞋，「這雙應該可以搭我那套西裝喔？」

老頭子立即擺出專業的姿態，也不說是或不是，另拿了一雙，十足把握的說：「你試試這雙，肯定不一樣的……」

「誒！真的比較搭，光是擺在那兒還看不出來，試下去才知道，還是老闆的眼光敏銳。」

子軒這一吹捧，老頭子更開心了，「小伙子有前途，哈……這樣一套穿起來多體面。看你做事挺積極的，這個忙定要幫你一把的。」

他們一塊移步至櫃台，老頭子接著說：「要不你去找阿傑吧，他也是合夥人之一，幾次見他和老杜在這附近走動，說不定他們真換了個地方開店。」

「那麻煩您把他的聯絡方式給我行嗎？」

「去北富魚市找他吧，聽說他後來在那開牛排館，生意興隆得不得了，比以前在這的蔥抓餅生意還好。」老頭子說起來卻有些吃味的意思，現在生意難做多了，以往他大可不必扯開嗓門向來客兜售，生意自然一筆一筆的上門。

「老闆我看你這生意也很好啊，還得裝上那東西防賊，那一台東西不便宜吧？……」子軒抬眼指向右上方角落的攝錄影機。

「誒……裝裝樣子罷了。」老頭子搖搖頭低聲笑說：「早就壞囉……」聽到這子軒背脊從底部涼至頭頂，老頭子接著說：「就算真的照到了也不清楚，靠那些影帶抓得了幾個賊啊，有那閒功夫抓賊，還不如多做幾門生意更好，你說是吧。」

「也是啊，是啊。」子軒笑著頻頻道謝，帶著僵硬的笑容和一大袋衣褲鞋襪離開了賣場。

夜市的主道依舊疏疏落落，兩側的店家也僅有部分營業。以往他對夜市的印象只有擁擠和髒亂，極不喜歡來這兒被人擠，然而此時此景卻荒涼得將他的心又直往下拽了幾層，在沉溺之前，他吐了一大口氣。

往事一幕幕湧上心頭，眼前的空曠街道在剎那間被子軒記憶裡出現的幻象無縫隙的填滿了，一樣緊接著一樣，恍似回到了一年多前。

他第一次來這兒，是和曼萍一起，那時小布丁還未出世呢。後來湘如也跟人領養了一隻黃金獵犬，他們總開玩笑要打賭看巴弟會長得比較大還是寶寶。沒想到寶寶都還沒長大，巴弟就……

巴弟到底哪去了，到底怎麼了……誰能夠對他說句真話或給點線索什麼都好。子軒掩著面以為成功制止住那些淚，沒想到雙手已經溼了一片，風吹得他好冷，他好想巴弟，好想回家。

7

悶坐在四面貼滿暖花色壁紙的臥房已整整兩天，曼萍還是難以相信這兩個多月來接連發生的種種。那樣的凌亂已趨於靜止，畢竟震盪的空間不大，在谷底了吧？……她嘆了口氣。小布丁在媽那裡完全不戀家的表現，是好也是壞，至於好壞的勝負，曼萍此刻並沒興趣知道。

她走到客廳，看著空著的一角，曾擺放巴弟的床。她想起牠總對著窗外的麻雀氣得咬牙切齒的模樣，笑了出來。

才一轉身，她綻放的嘴角登時又垂萎了下去，這房子太靜了，而太靜的房子容易勾起感傷，她轉開電視，只想讓一些聲音加入她深灰色哀愁的世界。

「……警方尋獲一批海洛因，據知情人士透露，破案的關鍵在於七彩橋旁尋獲的一只空竹簍。」

曼萍一個字也沒聽進去，僅一刻的閃神，便跌入回憶的漩渦之流。

事發的那一天，她一早就翻箱倒櫃準備隔日同學會要穿的衣服。只見紅黃藍綠一層層的衣物堆疊在床沿，絲綢、棉質、痲料、萊卡材質的裙褲魚貫登場，曼萍對著鏡子猛搖頭，這件顯胖，那套過時，全都不合心意。

在一陣角逐後，雀屏中選的一件，是壓在盒底的棉質綠色連身洋裝，休閒之餘又不欠禮數，和當初它被壓底的原因竟雷同——不夠輕便又不足貴氣。

然後從這裡開始苗頭不對了。她去了一趟爸媽家，順便接小布丁回家，已經告辭了幾次但媽硬是留她下來吃水果，爸剛買了一盒酥餅又要請大家試試，這樣一折騰，即便她已經十萬火急趕達，慶虹洗衣店斗大的招牌燈還是早了一步熄滅，她只得拎著那件皺巴巴的綠色連身裙返家。

左右又仔細端詳了一番，聞聞，其實樟腦丸的味道已散盡，原本就也不太髒，不過是皺了些，隔著薄布燙一燙應該就行了。

「你好嗎，巴弟？」她摩娑著牠的毛毛頭，牠咬住子軒的拖鞋到她跟前，像在和她詢問子軒的下落。

「啊呀，爸爸不見了嗎？」她故作驚訝的說。

巴弟放下拖鞋，一張嘴啟啟闔闔，眉頭蹙起，眼眶裡汪著一串還未滑下的淚珠。

曼萍環抱著牠安慰的說：「你這傻孩子！要乖乖的，我看看喔……」她認真的翻查日曆然後邊一格一格數，「再過三十七天，爸爸就回來了。」隨即想到子軒就賊笑了起來，「可是你不乖，我就不讓他回來囉。」

突然間一個枯樹枝乍然往落地玻璃窗拍打，刮出吱的一聲。曼萍嚇得花容失色，一把抱住小布丁，母子倆蹲在巴弟身旁緊湊著，曼萍雙腳趿上子軒的拖鞋，就像子軒緊緊包覆著他們。

巴弟朝玻璃窗吼了幾聲，曼萍伸長脖子一探，靜悄悄一片連個影子都沒有，可能剛才只是風大，巴弟轉而往曼萍眼臉上舔了一口，她想躲開，整個人連著小布丁一塊兒跌在地毯上。

「臭巴弟！」她轉而向小布丁使了個眼色，「布布……你說是不是臭巴弟害我們跌倒。那我們也害他跌倒好不好？……」曼萍抱著小布丁去推巴弟，母子三人玩得不亦樂乎。

親子同樂的時間告一段落，曼萍開始在雜物房裡埋首找尋熨斗，小布丁在客廳繼續和巴弟嬉鬧，他現在很會走路了，坐在學步車上更是健步如飛。

熨斗找到了，但找不到燙衣板，她心想就那一兩下的功夫，在廚房的中島上鋪塊毛巾湊合著應當也行。

插上插頭，等待預熱的期間，曼萍切了幾片小黃瓜打算敷眼周，晚間被這麼一折騰也沒什麼吃，索性又從冰箱拿出些食材。她定時轉頭察看兩隻小傢伙，一切看似正常，殊不知命運之輪已悄悄的啟動。

電話響起，這時間不是湘如約遛狗就是……

「喔，嗨，差點認不出你的聲音……哇，我們幾年沒見啦……會啊，明天會去…」在曼萍大開話匣子的同時，熨斗已經熱噗噗的候著，電線拉得這麼長，從中島直連到牆壁另一端，她想起子軒上次從地平線上倏然消失的背影，打了個寒噤。

「嗯哼……」然而她不捨打斷允潔興味盎然的分享，先伸長手臂要去搆熨斗，那一個瞬間，她以為要搆到了，撲空的身軀頓時喪失了平衡，高腳椅晃了一下，心也跟著抽了一回。

不安感不知從何處冒起了芽，她往客廳瞥了一眼，小布丁和巴弟仍在客廳裡追逐著彼此，別過來啊，小布丁……

她在等待著一個時機，而允潔連珠砲般的話語裡竟然是沒有段落的。

「咯咯咯……」小布丁的招牌笑聲越來越近，「允潔，你等我一下！」她終究是無情的打斷了她的話，眼前是一場競爭，而她必須贏。

那件意外的發生短短不到三秒鐘，曼萍直至此刻都還記得清清楚楚，少了哪樣都好，但偏偏一樣也不缺，天衣無縫的存心要來促成這個定局。

放下電話後，她邁向僅三步之遙的熨斗，同一時間，小布丁和巴弟的小圈圈也旋風般的往這方向挪移。

她可以選擇嚇阻，但記得湘如曾說過狗狗和小朋友的慣性是越叫越走、或越趕越來？她不記得了，這太冒險。

跨出第一步，她發現了右方流理台沿邊砧板上的菜刀，間距與左方的熨斗同等，危險程度也相仿，處境確實兩難。

邁入第二步，她竭力思索，但血液衝不上腦門，只有一片沒有聲音的死白，所幸手腳都還在上個指令的連續動作中活動著。

最後一步，她不加思索的撈起那把菜刀，再以迅雷不及掩耳之速將插頭拔起，然而危險解除了嗎？但願如此……

手裡執著菜刀和熨斗插頭，她鬆了口氣，以為一切盡在掌握之中。那一句「小布丁，別過來」實在毫無道理可言！事實證明湘如是對的，小布丁當然因此而靠了過來。而更要命的是那踏不出去的第四個步子。

「咯咯咯……」

不止小布丁靠了過來，巴弟也緊貼著，搖尾巴甩頭的一逕傻笑，「走開啊，危險。」曼萍這一慌，左腳竟被右腳給踩住，原地仆跌，是子軒大了一尺碼的皮拖鞋的錯。

整件事若以慢格播放來檢視，也許，曼萍是有那麼一些存心讓巴弟代替了小布丁的位置。

刀鋒筆直朝下墜落，重力加速度像流星一樣劃過，撚指不覺已落在一團毛上，所經之處，無不皮開肉綻，那嗚呼的連續哀號聲響，把曼萍的心叫到崩塌。

巴弟終究是守住了牠的承諾，幫爸爸扛起了這個家。牠一個箭步的把小布丁往流理台方向擠，當然曼萍也在空中做了點努力，硬是將直直落下的菜刀偏移了些許。

她當然沒有瞄準巴弟！真的是巴弟自己靠過來的，這下她有種百口莫辯的恐慌了。

小布丁只是哭，曼萍則是嚇怔了，那把刀從巴弟頭皮上直砍下拉至唇邊，落在前腿肌腱處，血不停的奔流，還好她沒有拔起那把刀，懂得拿棉布圍著傷口繞上透氣膠帶稍微止血。

深夜十一點，窗外黑壓壓的一片，她不知道通常子軒都去哪一家動物醫院，就算知道這時間恐怕也關了。可夜市不會！對……她拿出名片本，抽出那張杜老爹貓狗樂園的名片，希望他們會有些辦法。

驚魂未定的小布丁暫時寄放在湘如那兒，她管不了這麼多，駕著車，副座的巴弟血流滿面，嗚咽聲？也許……但微弱到她已經分不清楚，也不敢清楚，腦裡只殘留著杜老爹那張名片的天倫意象。

「貓貓狗狗的好朋友……救一救我們巴弟啊……」她在心裡默唸著。

車子駛過黑壓壓的一片，到了燈火通明的夜市後，輪胎吱一聲剎在人行道旁，穿深褐色圍裙的店員早在烤香腸攤旁等待接應，坐上曼萍的車，一路飆到杜老爹配合的動物醫院。與其說是動物醫院，其實它更像是姨婆的養雞場。她記得小時候常陪外婆去，但她不喜歡那裡，好比有人討厭醫院的酒精味，只是她怕的是那種陰森和悽涼氣息。

曼萍滿身滿手的血，頭髮披散紛飛，怔忡的坐在手術室旁候著。

定了定驚魂，她看看四周，掛在兩側的燈罩部分已毀損，嗡……滋……忽明忽滅的霓虹卻把這情勢照得透亮，淒楚中帶些無助乏力。

灰色的塑製地板壓在不平整的水泥地，凸起的一塊塊小山丘像未能破繭而出的蠶，部分已經破損。手術室外的大垃圾桶露出了一截染上褐色的紗布，傳來陣陣腐臭和血腥味。

似有斷斷續續的哀嚎聲夾在激昂的犬吠聲中，是從醫療儲備室傳出的嗎？抑或是恢復室？那哀嚎又像是種悲鳴，並不激烈，淡然持續而憂傷。曼萍走近側耳聆聽，像是聽到嬰兒的哭聲，她又湊得更近，近到門倏地打開時險些摔了進去。她凹陷的臉頰，含著誠惶誠恐的一抹笑。

「是新生的小貓。」一位工作人員說著，邊撈起掛在胸前的一串鑰匙，湊身過去把門給鎖上。

曼萍什麼也沒說，只是附和著微笑。待那人走出視線範圍時，她又緊靠過去門邊，聚精會神的傾聽，喵……她鬆了口氣，證實是自己多心了。

曼萍實在不敢相信付了幾乎三倍的價錢卻得到這種素質的醫療環境，她是一刻也不想再待下去。

整整兩個小時，獸醫師從手術室出來，巴弟暫時脫離危險，但十分虛弱，需住院查看。有個聲音告訴曼萍，把巴弟留在這不是個好主意，但理智又頻頻抨擊那說法毫無根據，更何況此刻的選擇並不多啊！

巴弟被推出來時，幾乎半個身子都裹上厚厚的紗布，氣若游絲的凝視著曼萍，無辜的神情裡有些誠惶誠恐，曼萍握著牠的腳掌直到他們把恢復室的門闔上。她沒有做出決定，而是讓決定自然的發生。

拖著疲憊的身軀，情緒依然亢進，翻了一整夜，曼萍始終沒入睡，隔天的同學會她當然沒有出席。

天才亮，曼萍就迫不及待要去探視巴弟，再多付了些錢給獸醫院，務必要讓巴弟的醫療和食材都用最頂級的。但那樣的地方，再頂級也十分有限。白天的獸醫院不像養雞場了，日光照亮整個建築的結構，事實上這地方並不小，是三個連著的鐵皮屋，後方有個小庭院，水溝裡盡是便溺味。

第三天，門口多了兩輛蓄勢待發的小貨車，曼萍到達時司機正在吃便當休息。待她要離開時，有一輛黑色轎車刷地停在卸貨區旁。一陣急促的風往曼萍身旁擦過，帽沿下凌厲的一瞥，夾雜著不具體的餿腐味，那人雙手插在卡其外套的口袋，猶如禿鷹夾起翅膀，預備俯衝朝獵物展開襲擊。

直到他甩上門的那刻，曼萍做了個決定，隔天，她就要把巴弟帶離這鬼地方。

自從那場意外後，小布丁一直處於令人堪憂的狀態，噩夢、恍神、還有輕微的感冒症狀。紙終究是包不住火的，就在第四天，小布丁發高燒，看完醫生後情況已趨於穩定，潘媽火速趕到劈哩啪啦先是罵了一頓，一點也沒發覺家裡少了個成員的事實。

小布丁的病耽擱了兩天，第六天她趕著去接巴弟回家時，僅接獲噩耗，除此之外便什麼也沒了。

曼萍將包包不客氣的摔在櫃檯上，瞪著一雙大眼。「什麼叫沒了?!」

「前天傍晚突然發現牠得了傳染性肝炎，加上重病在身，沒能捱到隔天，我們必須先做處理。」

「你說什麼?!」

「我們有在第一時間通知您，只是您一直沒有接起電話。」

「什麼叫一直?我不是打來說過兩天就來接牠嗎?」

「周小姐，真的很遺憾。」

「你們不講清楚，我是不會罷休的。」

「真的十分抱歉。」

曼萍畢竟不是個鬧事能手，那聲聲的抱歉和遺憾佔盡了上風，事已至此，再說都是多餘。

有個光頭男人從走廊底端的鐵門走來，擱下一張紙和一罐不明瓶裝物在櫃檯靠裡邊的低桌，曼萍探頭想看，但又直覺並不想知道。

他一身黑色手套、圍裙和雨鞋，活像名魚販，但身上卻無魚腥味，她那時並不知道屠夫也是作類似的裝扮。那人身上有一股渾然天成的陰森邪氣，讓曼萍不覺膽寒心驚，然而一想起子軒，想到巴弟怎麼營救小布丁，她就不怕了。

「我不信，我要去看看。」曼萍拔腿就往裡頭走，「誒……」那乾癟的婦人用身體半擋著恢復室的鐵門。

「我不管，你打開，你打開啊。」罪惡感悄悄的竄入心肺，曼萍全然是個潑婦的姿態，她要鬧，她只能鬧，鬧到他們交出巴弟為止，否則她要怎麼和子軒交代，怎麼對自己交代。

她一雙手越鬧越冰涼，心越鬧越慌，發白的雙唇怎麼也迸不出一句像樣的話，她就是燒了這裡，巴弟能回來嗎？那一扇門，是生與死的界線啊……

「讓她看！」那男人終於開口，婦人勉為其難的轉開鎖。門一開，曼萍心也跟著一摔，不消張望，她知道開門的意思，就是連最後的希望也沒了。

「巴弟到底去哪裡了……」她蹲下身，抱頭慟哭。

「吶，這裡。」那迅速燃起的亮點把曼萍帶到好高的地方，一張死亡證明和骨灰罐，讓她轉瞬間跌了個肝腸寸斷。

她在那又呆坐了十幾分，踏著失魂的步子踱出門口，鈴聲響起，是她喜愛的那一首，她不想接，但下意識早已做了主張。

「嗨，寶貝，你和孩子們好嗎？這幾天好累喔……」那一端，子軒和她講的話全都被恐懼掩蓋了。

「你們腦子裡都裝屎啊？……」眼前穿卡其色外套的男人在碼頭訓斥幾名伙計，曼萍深怕子軒聽到什麼，用手掌摀著收音孔，正想快步通過，但剛好遇到工人將一箱箱的肉品推上卡車。

「寶貝，你還好嗎？在哪啊？這麼吵？」

「我……我以為那是要宰的……」一名伙計囁嚅數次，終究是話不成話。

「你以為你以為，你們這群白痴想錢想瘋啦！平常做事有這麼積極就好了。那是人家真金白銀花錢放在這裡醫治的，要還的！」

「我在市場買菜。」曼萍隨意搪塞，著卡其外套的男人一個巴掌下在該名伙計的頭頂上，她又是一驚，深怕這火會順沿著燒過來。

天空打了幾道雷，濃雲密雨，整個世界的顏色瞬間暗了幾度。

「噢？……你是誰？快把我老婆還來，她從不上市場、不會做飯、又笨又傻還少根筋……」子軒在一片悠閒的藍色天空下，絲毫未察覺曼萍的處境。

卡車倒退停在玻璃大門前，一邊是川流不息的工人忙著把一箱箱東西搬上車，一邊是著卡其外套的男人和他的伙計。她只能等他們搬完那堵牆似的貨物。

「最後是沒有宰……只是給牠脫逃了……」該名伙計支吾以對，心裡也知道不管是宰了或是逃脫都一樣糟糕。

「人呢？」那男人轉向那乾癟的婦人詢問。

「打發了。」她說。

他這才稍稍收了脾氣，「一群沒有用的飯桶。」悻悻然又回頭罵了一句才走進屋裡，伙計們紛紛低頭不語。

曼萍好不容易找到個缺縫，便快步從卡車後門邊側身鑽過，一陣刺鼻的味道從車廂裡迎面飄來，她摀著鼻口，一路衝回車上，上鎖，一連打了幾個大噴嚏。

「……可我只愛她。」想不到這竟是子軒最後一次的柔情蜜語，而曼萍註定無福消受。

狂風一吹，烏雲散盡，她餘悸猶存開車直奔爸媽家和盤托出了一切，沒想到換回的僅僅是一聲近於責備的叮囑，「下次別去那種地方了！」

「哪還有下次。」她心想。若不是潘爸表情略帶嚴肅，這話還真像句惡毒的諷刺。

「可是……這算是種醫療疏失吧？」曼萍重申重點，但兩老已經聽完了故事，潘媽打了個呵欠，想在慈善晚會前先歇息片刻。潘爸拾級而上，準備到書房打個電話給李祕書確認幾項投標案的細節。

「我不會善罷甘休的！警察局、媒體，什麼方式都好。」

潘媽的臉倏地精神了，潘爸的步子也佇在原處。

「媒體?!我們千方百計的躲著，你倒想自投羅網。」

「這根本不是同一件事。」

「鬧上了新聞，什麼都是一件事，上回不過是因為幾單勞資糾紛上了新聞，股東會就藉機施加壓力，你知道花了多久時間才安撫下來，你還想鬧？」

「難道就這麼放過他們……」

潘媽嘆了口氣往廚房踱去，潘爸上樓關上書房的門，像一切都已塵埃落定。

曼萍盡力的回溯那股餿腐味，拾起一片片記憶的殘骸。緊握著熱咖啡杯的手逐漸冰涼，轉到另一個新聞台依然播報著同一則新聞，「……有幾聲吠叫……發現竹簍上沾有微量海洛因粉末，懷疑是從貨車中無意滾落。警方依循著路線找尋……終於在今晚一舉攻破……」

有一幅未成形的畫面多了些形狀，恣意拼湊著。脫逃……那人指的是巴弟嗎？……

手機鈴聲響起，曼萍急忙飛撲抓起遙控器將音量調小，直看到手機螢幕上顯示曉君，她整顆心又黯淡了下來。

「喂……」曼萍嘶啞的聲線岔破了音，像沒上油的門。

「快過來！」好姊妹曉君在那一端驚吼。

「我今天哪兒也不想去。」她說。

「你老公和另一個女人在街上拉扯，我實在不知道那是什麼意思！」曉君口氣十分惱怒，曼萍聽聞，當場披了件外套，抄起包包便奪門而出。

趕到場時當然晚了一步，她反覆播放曉君用手機拍下的片段。那女人拿了一包東西給子軒便轉身離去，那是在哭嗎？她不停用手背揩抹臉頰，短短一段路走走停停。

子軒雙手緊握著那包東西，定睛遙望她步步遠離的背影，直到兩人相隔一整條街，手機畫面的距離已經容不下兩個人影。曉君也以為事情就到此為止，鏡頭一度垂落，然而隨著子軒猛然的發足狂奔，她連忙舉起手機再次對準焦距。

失去了一些寶貴片段，最後鏡頭落在感人的一幕。子軒將那女人連同那一包東西齊齊擁入懷中，兩人破涕為笑，像一對漫天烽火下重聚的小情侶，多麼得來不易。

曼萍心中所有殘留的線索，被眼前的畫面徹底覆寫了幾次。她不再為巴弟的事難過了。原來有種銷毀傷痛的有效方式，是擁有另一份更傷的痛。

8

這一天，北富魚市熱鬧異常，「月兒彎糖水舖」開檔僅僅兩小時，各款湯圓均已售罄，不願敗興而歸的客人則將其餘款式的甜品一掃而空，月姊笑得闔不攏嘴，直說今年冬至生意比往年好得多，早知道多做一些來賣。一旁賣土魠魚羹麵的張媽投以羨煞的目光，湯鍋啟啟闔闔一連翻攪了幾次，還剩半鍋有餘。

好像少一個攤位的光亮就差很多，以往傑哥和傑嫂的鐵板牛排館就在張媽的攤位旁邊，傑嫂常幫她顧麵攤，其實人很好，可傑哥就……或許這麼說吧，大伙兒看在傑嫂的份上都不願和他計較太多，那油煙整天整夜的往這飄過來，抽油煙機轟隆轟隆吵得要命也吸不完那些煙，客人有時還坐超過了，張媽能怎麼，難道拿掃把趕他們走啊。慪了一肚子氣，傑嫂時不時就倒杯紅茶給她消消火，或請她吃個鐵板麵什麼的，那傑哥的寒酸嘟噥以為別人都沒聽到，總是碎唸著：「你別理那些人，他們就是想佔你便宜。」

說真的她還不情願佔這個便宜呢！但這是阿成嫂無意間聽到的怎麼能去說，對著傑嫂想凶也凶不起來，她就是那副客氣樣子，道歉的話講到讓人家都覺得自己很刻薄。

現在油煙噪音和討厭的傑哥都不在了，反而覺得不熱鬧了，好冷清，魚市像突然黯淡了一大塊。聽說昨晚月姊和傑嫂通上電話，是場交通意外，就在沿海靠近山的那一條公路，連車帶人滾下去，因為事情發生了一陣子，再怎麼打撈也有限，阿榮說屍體早不知道漂到哪去了，說不定早給魚瓜分完了。

這些話阿榮來說大伙兒都沒第二句話，一來他靠出海打魚為生，二來以他和傑哥的交情又怎麼會咒他死呢，他幾乎是哽咽著道出這些揣測。

一個好好的人怎麼就沒了呢，唉呀，大伙兒的嘆息聲中又談起了那件事，「到底誰發現的？」阿成哥問。

「就仁叔帶他們家那隻狗去美容時聽寵物店老闆說的。」

「是不是妒忌啊？看人家生意好就亂造謠。」阿榮說。

「我需要造這種謠言?!你們自己看看他那樣子鬼不鬼祟。」仁叔剛從魚丸攤走來，抓緊那後半句話就開砲。

「不是在說你啦。」阿成哥順順朵拉的毛髮說。

「對了，之前那兩隻呢？老跟著傑哥的狗。」

「一陣子沒看見囉。」

「你不覺得奇怪嗎，那傑哥幹嘛不抓那兩隻，所以那件事也不一定嘛。」阿榮仍試圖替傑哥平反。

「誰知道……」他們講到這就完全靜止了，沒人再往下接話。

客人叫了一碗羹麵，張媽便忙著走開了。

「老闆，不要加蔥，醋多一點，謝謝。」海琪似乎很拿不定主意，「哎呀……沙茶醬裡面有放蒜茸嗎？那也不要好了。」

張媽不耐煩的將已懸在半空中的湯又倒回大鍋裡，湯勺鏗鏘一聲被擱在鍋沿上。

「還有什麼不要的，一次說清楚好嗎，小姐。」

「沒有了。」話才剛擱下，海琪急忙又問：「哎呀，我剛才有說不要辣嗎？」

「辣椒醬是自己加的！」

也不知道張媽是吃了炸藥還是海琪真的太囉唆，舀一碗湯麵的時間就引來許多旁人的側目。海琪走了之後，張媽忍不住又和一旁賣海產乾料的阿成嫂嘮叨了幾句。

海琪步履蹣跚的往馬路對面的便利超商走去，手裡拿著一疊宣傳紙，遇人經過時，或者派一張，或者詳加詢問。只見人們匆匆的來又去，拿是拿了，卻看也不看就順手一揉，隨地一扔，或往包裡強塞亂放。

「請問你們看過牠嗎？」海琪焦躁的拿著一張彩色影印紙向眾人發問。他們匆匆瞥了一眼，隨即散開，彷彿遇上什麼邪門的事。

她接著向一個戴著安全帽的男人追問。

「沒有沒有……」那男人一連回了幾次，像是很煩躁似的，看也沒有看就草草打發。

「請問……」海琪轉而向一名路過的婦人遞上紙張，話都還未講清楚，她像活見鬼似的躲開了。

海琪拖著疲軟的身子靠在街邊暫停的休旅車旁，剛巧遇到警察正在開單，像看到了救兵，馬上提起精神拿起傳單便問：「你們是看管這區的長官吧？請問你們看過牠嗎？」

警察匆匆瞥了一眼說：「這邊不能停車喔。」

「這不是我的車，請問你們看過牠嗎？」她又問了一次，警察這才走到副座往車窗上敲了幾下大喊：「這裡不能停車喔。」

那台白色休旅車即刻發動離去，警察和同伴轉身往下一台車踱去，彷彿他們身在不同空間，完全無視於她內心裡的聲嘶力竭。

海琪決定到隔壁巷口問問，失神了幾秒，沒想到旁邊有隻褐色土狗差點咬了她一口，她箭也似的飛奔逃離了現場，還好有幾台車開過阻絕了牠的追趕。她明明就怕狗，為什麼好端端要去惹阿金呢，想到自己闖下的禍真是後悔莫及，拉布拉多都長得一樣，她一度心存僥倖想再去買一隻賠給外公，但她自己也養貓，知道可貴的是情感，並不關乎牠是什麼。

海琪任由傳單滑到水泥地面，在夕陽的猛烈照射下，額上沁出幾滴汗水，俯蹲在地上，整個人卻是冰寒的。一想起外公那晚在病床上老淚縱橫的模樣，她就自責不已。他們本來都瞞著他，直到開完刀回家那天，他們知道怎麼也瞞不住了。外公一生中見過許多大風大浪，然而一聽聞噩耗，還是急得從病床跌下，血壓硬是飆了上去，當晚又送回醫院。

半俯身在黑暗之中，有個黑影團團籠罩著海琪。

「小姐你還好嗎？……」

她往上抬眼，原來是個人影投在她的影子之上。她急忙拾起傳單，抱著最後一絲希望問：「請問你……看過牠嗎？」

子軒盯著圖片上的拉布拉多犬，冥思苦想，終究是挖不出記憶庫裡的任何線索，但他將傳單摺齊塞進了皮夾，允諾會幫忙留意。

海琪失望之餘，對子軒誠懇的態度卻深感窩心，像黑暗中的一點光，很值得被無限放大的一點，而這於子軒又何嘗不是，他來這一趟，也是為了巴弟，他懂那種痛苦與絕望。也許就是因為這原因他加倍地珍惜，他想緊緊抓著還擁有的所有東西，包括這一段不可能有結果的感情。

「我們走吧。」樂思扣起子軒的手說。

子軒躲了一下，但不好意思甩開，畢竟昨晚是他硬把她留下，他們已經道別了，不是嗎？

那包袋子裡有在歐洲那晚他披在她身上的圍巾和外套，她還給了他，等於是將那晚的一切都抹煞掉了嗎？那來不及發展的一切。

他望著她直到那背影已如同米粒般大小，已經道別了又再承受一次那種失去的痛。

他拒絕再有更多那種感受！

他一路跑，一路喚著她的名，「樂思！樂思！」

她回頭時淚流滿面，帶著疑問不發一語，深怕多一些風吹草動都會驅跑那得來不易的勇氣。

「我希望它們能再為你遮風擋雨。」他說，刻意放輕了「它們」二字。

樂思的防備和警戒哪能再在此時發揮任何作用。

他們相擁，帶著一點罪惡混亂地度過了一夜。

今天吃早餐時樂思提了幾次：「我們以後……」

會有以後嗎？他不知道。

他有家庭，曾經有，現在已經不完整，但也還是一個家。他必須負責任，那不只是道德上，還有法律上的責任。

樂思告訴他本來就一直計畫著去英國攻讀管理碩士，申請的學校已經回覆，可以隨時出發。他支吾以對，沒有下文了，如同他們之間的短暫戀情，甚至那稱得上戀情嗎？那更像是某個情境底下自然產生的情愫，因為需要而存續的支撐力量，但那絕不是外面那些年輕人所說的一夜情，他對她的情感遠比那些真誠得多。

他有點想逃離……但依然牽著她的手。

他們剛好走到張媽的麵攤前，牛排館的招牌已經拆下，新的租客擺了幾個箱子進來，以後這裡改賣蚵仔煎了。

「不好意思，請問傑老大鐵板牛排在哪？」

「早關囉。以後來我們這吃張媽土魠魚羹麵吧，你嚐嚐這湯頭。」張媽見他們坐下了，舀了一碗羹麵給他們。

「真的？傑哥又搬了嗎？搬去哪了？」子軒親暱的語調就像他真的是老主顧，然而他是第一次來北富魚市，別說傑老大牛排館，就是一粒魚丸也沒在這買過。

一聽到傑哥二字，張媽的神情似罩上了一層陰影，轉身蹲在水桶邊清洗碗盤。子軒隱約感到自己說錯話了，但也不知是錯在哪，拿起筷子夾了一塊魚肉，大口一嚼稱讚那土魠魚新鮮。

張媽微微一笑，也不再說什麼了。子軒眼見話題就此打住，線索也跟著斷了，心下焦急，只好扯了個謊說是來還錢給傑哥，希望張媽能透露些管道。

張媽也不知道他說的是真是假，但後事的料理，未來的生活，哪樣不需要錢。傑哥走了，傑嫂可還得過生活，她嘆了口長氣，「傑哥走了，這些錢你去還給傑嫂吧，她每週三下午都會去長青療養院做義工。」

子軒心頭一震。「走了」能代表許多種意思，然而眼看張媽和隔壁阿成嫂的神情，像已挑明著表示是最壞的那一種。死了？

傑哥死了，子軒的心也跟著這個線索同步殞落。樂思緊緊摟著他，他才又想起來此刻他有多需要這種溫暖。

電話鈴響，他以為是曼萍，又響了一次才看到是湘如。話筒夾雜著呼呼風聲，訊號時好時壞，她說寶寶不見了。

真是一波未平一波又起。

子軒順路送了樂思回去就直奔河濱公園，看到湘如哭得跟個淚人兒似的，兩腳在寒天裡狂奔了二十幾分，因精疲力乏而顫抖不止。

子軒帶著些自身的情緒忍不住破口大罵，湘如嗚噎中試圖解釋寶寶突然瘋狂對妞妞和泡泡大吼還揮爪，他們幾個大人都差點捉不住牠，她才氣得把牠關在車裡作為處罰。

「我把他關在車子裡，開了一點車窗讓牠呼吸，才十五分鐘而已，」她懊悔的掩面痛哭，「會不會被偷走了？……」

子軒深知湘如的習性，那車窗又怎麼可能只開一點，說不定連車門也沒闔緊。他不禁沮喪的聯想起巴弟，和寶寶不約而同都發生了意外，也都是人為的疏忽。

幾十分鐘的車程裡，他們之間沒有一句話。湘如更是像憋著一口氣般全神貫注的盯著車窗外，不願放過一點一滴線索。

「會不會自己走回家了？」子軒靈機一動的問，邊說著已經將方向盤一轉，往家裡的方向駛去。

湘如雖然也抱著僥倖的期盼，但寶寶除了鄰近公園外，其餘地方都是坐車去的，認路是沒可能的事，寶寶擁有的技能僅有吃、轉圈圈和翻滾。最近連翻滾都要叫好幾次才聽懂。想到這，她淚眼矇矓了起來，模糊中卻見到兩個迅速移動的龐然大物驟然停在紅綠燈前。

「寶寶？」湘如瘋狂的拍打儀表板大吼，等不及子軒踩緊剎車便奪門而出。於此同時，寶寶也飛奔過來，母子倆在街邊重聚天倫，寶寶咧著大嘴一連轉了好幾個圈子。

「噢，寶寶，你嘴巴好臭……」湘如厭惡的說，但又緊緊抱著寶寶怎麼都不肯放，「學會自己回家啦？這麼厲害……」寶寶樂得將耳朵都貼平了，雙腳搭在湘如身上猛踏。

湘如心疼的為牠拂去身上沾黏著的幾片枯葉，壓根沒留意到一旁還有個同伴拉布拉多犬，已經往回頭路狂奔而去。

子軒看到那隻拉布拉多犬像極了傳單上的那隻，趕緊將車丟在路邊，朝這方向狂奔而來，「喂，等等！」

湘如笑著和他揮手，「堂哥！找到了啦！」

沒想到子軒在與湘如錯身之際加快了步伐，一連追了約十五棵樹的距離，終究是追不著牠。

子軒氣喘吁吁的折返時，只見湘如早已喜眉笑眼的抱著寶寶跳上了車，打著什麼歪主意不問自明。

車輪轉動僅僅數十圈，一眨眼的功夫，子軒已經能感覺到抱著兒子躺在客廳沙發啖杯熱可可的那種溫暖，其餘的就暫且擱下吧。帶著這般心境走到門口揿電鈴，苦等了幾分鐘都沒人應，房子裡外一片淒黑，連盞燈也沒留。

「表嫂可能帶小布丁去大伯家了。先過來和寶寶說說話啊，你們好久沒見了。」也不管子軒的反應，湘如已經把他半拖半拉回家，剛才在車裡已飛快傳了封訊息給曼萍，這個和事佬她是當定了！

「嗨，寶寶，想不想我啊？」

寶寶站起來搭著子軒，一張大嘴微微歙張著像是有些話要說。牠嗚嗚叫了幾聲，徹底把子軒嗅了一遍，記憶裡的這味道總與另一個味道相連，牠搖晃著的腦袋瓜上打出無數個問號。

湘如幫寶寶洗了個快澡，牠溼漉漉的毛髮在空中甩啊甩的，身子還未擦乾就從浴室直奔客廳，一骨碌倒在樟木味濃郁的咖啡色大圓床上，滿足的翻起肚皮，扭腰擺臀賣弄可愛。

湘如怕牠著涼，急忙去開了暖氣。

子軒沒好氣的笑罵：「你還對你堂哥真好，我坐在這手腳都凍僵了，也沒見你給我開一開暖氣。」

湘如嘻嘻一笑，帶著吹風機去寶寶床上打算強制執行風乾行動，寶寶玩心大起，扔下一個使壞的賊表情，猛然一蹬，在廳中央繞著子軒和大茶几來回奔跑，一支落地喇叭差點因此給撞翻。

「臭寶寶！再這樣我要打囉！」湘如大聲吆喝，拿起愛的小手要嚇唬牠。

寶寶又哪裡會怕，牠最後停步在客廳的某一角落，執拗的往電視後方鑽探，孔武有力的一雙爪子幾乎要將角落的壁紙給掀起。

湘如喊得喉嚨都乾了，鐵了心要來點震撼教育，誰知道一走過去，寶寶猛然一個轉身，反而把她給嚇跌了。

啊哈！牠得意的啣出一隻布織的毛怪娃娃，扔在湘如面前。

那一個巴掌大的布娃娃凝住了整個畫面，被放大再放大，像打上強烈聚光燈那般不容忽視，想藏也來不及了，湘如彷彿聽到子軒內心有個小小的脆裂聲，但不明顯。

毛怪是子軒買給巴弟的第一個娃娃，雖然之後牠見異思遷，愛上了糊塗熊，但毛怪在巴弟的圓床邊依然有個固定位置，這多半是上次巴弟留在湘如家過夜時，被寶寶啣去藏了起來。

子軒拾起那隻布織的毛怪，拂去上方覆蓋的灰塵，往西裝褲側邊揩抹了幾下，擺進公事包裡的內夾層。

湘如默然，一汪淚搖搖欲墜。

客廳的燈光篩過隔壁窗口，微微照亮挨在火爐邊的那一個半破損的圓形軟墊。「巴弟，你究竟在哪！」

子軒在心裡的悶喊，但願巴弟聽到了。

財啊

白茫茫的一片，他甚至不知道自己身在何處，身體很輕，輕到像沒有觸地似的，那是否有些類似太空人漫步的感覺？……阿姆斯壯上月球那年，阿傑剛升小學六年級，夢想是開一間穩賺不賠的賭場，規模則不需要龐大。

他感覺不到疼痛，也感覺不到束縛，有時他才想著什麼，下一秒卻忘了。事情發生得太快，他甚至懷疑自己還在夢裡，沒有被債務追著跑的感覺真好，他一點也不想醒。

這是阿傑剛滿二十四歲那天，身上竭力榨出的幾塊銅板，僅足夠買個麵包或是搭一趟公車，艱難的二擇一。他需要去塑膠工廠面試，但也同時需要補充一些養分，昨晚那片土司在夢裡就已經被消耗個精光，今天一早醒來好餓，可是想到才失去一份工作就沒胃口了，但現在又開始餓起來。

他毫不猶疑的搭上了公車，事實證明那是正確的抉擇，倒不全然因為她的緣故。當初他心中壓根沒想過二擇一這回事，他兩個都要，從簡單的開始，搭霸王車的成功率較高。

阿傑上了車先往司機老羅那方探了一眼，他一如以往般要死不活的半瞇著那雙失神眸子，在手頭比較緊的月底沒有檳榔嚼都是這副德性，阿傑就是看準這點。

阿傑挑了個靠近車窗的位置，坐墊舒服得讓他想就此躺下睡一個好覺，不知道何時家裡也能設備一個這樣舒適的椅子，他悠然望著窗外那一片繁華，卻沒有任何一點是屬於他的。

他只有數不盡的債務要償還，這算什麼！含著破湯匙出世嗎？他又想到那次回家杯盤狼藉的慘澹景況。不，他根本是含著黃連出世，是註定來吃苦的。老爸死得早，那可好，拍拍屁股就走了，把他和媽媽扔在這世上，整天數算著利息過活。

息滾息利滾利，隔壁王大媽拿著本存摺啪嗒啪嗒的響，每每講到利息她就眉開眼笑。而對於利息這個字眼，阿傑和媽媽是避之唯恐不及，債務的利息總在瞬間將他所賺取微量的薪水給榨乾，還了這麼久，還沒削減一分一毫的本金呢。到底是多少有時他也忘了，彷彿也不需要知道，反正賺了錢先吃一頓飽的，然後其他就得全繳出去，通常會比想像中再多一點，所以每一個半月都要討價還價一番，之所以一個半月是因為他和媽媽總會試圖躲個一陣子，反正又還不完這麼準時幹嘛，那些人也知道再逼下去就是命一條了，所以也盡可能的酌量脅迫。

公車駛過一塊工地，車輪碾壓過的地方翻起紛飛的沙，滾滾紅塵，數十尺外都是見不清的景象，一如他的人生。

突然隔壁傳來一陣柔和的笑聲，將他從暗如幽冥的世界裡拽了出來。

她優雅的輕靠在鐵桿上和一旁女性友人道別，那一個淺淺的笑容足以讓他忘卻面臨失業的困境，讓他感覺不到扛在肩上的家庭生計重責，也讓他不再對茫茫的未來擔心憂慮。

他離開了舒適的座位，只為了更近距離的看她。一位白髮蒼蒼的阿婆誤將那舉止視為善意，忙擠過去帶笑道謝。

他寸步的朝老羅那個方向挪移，盡量不著痕跡。他們之間從隔著三個人到現在只剩下一個。僅是這樣並連著站，他也感覺心臟突突狂跳得不能自已。

他沒有特別的打算，畢竟腳上踏著破布鞋，肚子裡沒一點實在的東西壓著，整個人不禁感到虛飄飄的。

他扯了扯過短的襯衫衣袖，繃極了也還是像短少幾公分，顯得他手腳太長人太瘦，簡單說就是寒酸，他索性將袖子整個捲起。

車內的空調有點冷，他用手肘扣著冰涼的鐵桿子，雙手一環，陶醉的欣賞著她正用髮圈豎起頻頻被風吹得揚起的娟秀髮絲。馬尾也好看，顯得俏皮可親了一些，整個放下來更好看，但別便宜了那些人。不知怎的竟生起了這樣莫名的佔有慾望。

他暗自竊喜，忘了肚裡的空虛，忘了眼睛被風吹得極不自然的眨巴著，也忘了丁老闖才罵他連豬也不如，要他滾回去吃自己。這些不愉快都像眼前那一棵棵柳樹般，咻，一下就被扯遠了。

突如其來的一陣大剎車，將巴士內的乘客震得東歪西斜。老羅的嘴張得老大，眼睛也終於睜開了，那表示危險程度增加。阿傑想像著老羅喊著要他給錢的畫面，心裡有種豁出去的態勢，按緊口袋的手也漸漸鬆開。無論如何這個臉是丟不得的，大不了餓肚子，也不是沒餓過。

或許是受了驚嚇，一位小學生因此嚎啕大哭不止。她輕拍小學生的頭，用紙巾拂去他膝上的灰土，輕聲問，「你還好嗎？」

那柔和的聲音如具有魔力般將孩子的啼哭止住，他羞怯的搖頭回應，方形硬殼書包比他單薄的身子大上許多，「重不重啊？」她問。

那孩子依舊搖搖頭，她幫他把外套撿起，他把衣服連同雨傘重新披掛在書包上。

「吶，抓緊。」她伸出手，在之後的車程裡，一路牽著那孩子。

她的聲音真好聽。阿傑恨不得自己也是小朋友，也跌個跤，最好直接摔進她懷裡，永遠也不起來。

在人潮最擁擠的那幾站，他如臨大敵，一手撐著巴士車頂，用身軀隔出一小塊區域，默默守著他的美音天使和那孩子。這個舉動令他不自覺幻化出許多美妙的綺想，若是有那麼一天，她和他的小小傑一塊搭公車，就是這個樣子吧……

他整個人又飄了起來，不過不是因為爛布鞋和空肚子。不知道過了幾站，她下車，他也糊里糊塗的跟下了車，甚至忘了自己為什麼坐上這輛公車。

又跟了幾個路口，天色漸漸黯淡下來，他才驚覺自己的行徑荒唐得可憐，他用手背探探泛熱的雙頰，想起堪慮的前景便無言的轉了個身，此時此刻他哪有資格再想生活之外的事。

他正要趕去面試一份新工作，倘若事成了，是不是代表他有了那樣的資格？……他再度提起鬥志往反方向一路奔跑。

「李傑發？不會吧，真的是你？」一個陌生男子叫住了阿傑，面對這意外的熱情，阿傑一頭霧水的處於狀況之外。

「張順才啊，你忘了你的老哥兒們啦？」

張順才？……哪個張，哪個順，哪個才？阿傑在腦子裡反覆唸了幾遍，依然毫無印象。

「還真忘了？……」那男人輕佻的彈了一下舌頭，做了一個拉杆的動作，阿傑這才認真的掃視眼前的男子。尖嘴猴腮、側分的油頭飄來陣陣悶臭，扣除掉金邊細框眼鏡所企圖營造的斯文氣息，他那股流裡流氣的樣子完全沒變，倒是穿著變得講究。

張順才一手將黑色西裝斜披在肩上，挺直著腰桿子，自信爆滿。裡頭那件灰色的高領羊毛針織衫可不是便宜貨，剛被成衣工廠解僱的阿傑比誰都清楚，他暗自思忖著當年從指縫下討賞的茶水小弟如今卻如此光鮮，心裡不禁又添了幾分天意弄人的唏噓。

「還不記得？豪客撞球場啊，兄弟。」他點起煙說。

「記得，我記得……」阿傑下意識將袖口捋平，挺起乾癟的胸膛。

「在哪高就？」張順才禮貌性的從襯衫口袋掏出一疊名片，抽出其中一張，阿傑清了清喉嚨，瞥見那雙閃亮的皮鞋，尚未開口氣勢又驟跌了一大格，但其實他能說什麼呢。

「哎呦，才哥，原來你在這！那裡有幾款新進的鞋，你幫人家看看嘛……」一位冶豔逼人的長腿小姐從後方勾起張順才的手，看到阿傑在場才稍作收斂。

「呦，我的小乖乖，你也曉得害臊啊。昨晚不是挺……啊？……哈哈。」張順才乜斜了雙眼，兩人你一來我一往的，阿傑活生生像張背景布簾，而這張布簾隨著內容的煽情程度，一陣青，一陣紅，又一陣紫。

「呃……我還有點事，我們改天再聊。」阿傑趁一個間隙先行告退，張順才看似也沒空再搭理，比了個電話的手勢在空中搖晃著，指了指襯衫口袋裡的名片，對著阿傑已經走了一段距離的背影大喊：「有機會一起發財啊！」

發財啊，發財啊，財啊財啊……離開了那個路口後，阿傑腦裡還蕩漾著這幾個字，他起先有些惱怒，那傢伙的出現將公車奇緣給洗得一乾二淨了。他竭力回想一些零碎片段，因為下次不見得能在公車上再遇見她，發財啊……財啊……財。

可惡！只剩下這些。

他放慢了腳步一邊思索，當下的五味雜陳讓他理不清對於張順才的具體想法。他從來都不喜歡這個人，再加上剛才那樣不成體統的言行，更確定了他的厭惡合理。

然而張順才的漂亮出場，卻也給了他不小的震撼。

柏得高國際有限公司……真這麼好賺？他輕藐的彈了彈手中的名片，好奇心獲勝，當晚他就打給張順才，哥倆相談甚歡，還擬定了一套發財大計。

發財啊，發財……阿傑在夢裡都喊著要發財。轉眼已經過了三十年，他發過財也破過產，然後又是數之不盡的債要償還。

要不是那個張順才，他何至於到這地步！早該看清楚他那尖嘴猴腮的傢伙不是什麼好東西，早該聽玉梅的話，跟這種人親近做什麼，沾一下都衰個不知道幾年。想到他就一肚子火，每天對著魚市裡那塊高溫鐵板翻肉排，還得兼賺那些骯髒錢。

他昨晚算了一算，再加上玉梅那一點私房錢應該夠了，他不想再幹那些事。也不知道玉梅最近怎麼了，老是問東問西還給他臉色看，雖然他是自作自受但也夠辛苦了，瞞著她也是為她好，他不要她碰這些烏煙瘴氣的事。

他們載著幾箱食材到魚市，阿傑將小貨車並排停在巷子口，打了閃黃燈後，敏捷的將食材一箱箱扛到攤位邊上，一邊眼觀四處的掃視著周圍，還不忘在並排轎車的保險桿上補上一腳。「哪個王八羔子佔了這個位置！」阿傑朝地上啐了一口，繼續怒罵。

玉梅正打算從後車廂裡抬出一箱食材，卻被阿傑大聲喝止。他不是擔心她膝蓋不好，就是怕她又犯了腰痛的毛病，連端鐵盤的工作也被稱為是粗活兒，不讓她碰。他總對著玉梅笑說：「你在收銀台幫我看著就好，有你看著，錢才不會丟。」然而這句俏皮話的辛酸處，只有他們倆知道。

今天早上他們又大吵了一架，再不結束這件鬼事以後還有得吵，阿傑心裡悶得發慌，索性連攤子也不開了，他必須和老杜談談。

一路上，阿傑平心靜氣的想了又想，玉梅的不信任也不全然是無的放矢，都怪他以往行為不檢，被抹了個記號，是活該，活該啊……

不知不覺已開到鐵皮屋前，車子輪胎吱的一聲拉得長長的，阿傑下了車以熟練至極的步伐往櫃檯接待處踱去。只見有位長髮女子趕在他前方到達，那背影他越看越熟悉，待走近一看，一束綁在她長髮上的金絲蝴蝶髮帶好眼熟，怎會這樣巧得令人發毛？

她一轉身，他更是驚得倒退數步，那容貌在十一年間竟有如此劇烈的轉變，雖說十一年不算短時間，掐指一算，她最頂也不過四十出頭，怎麼就蒼老憔悴到這種地步。阿傑曾經喚她作小蝶，只是這甜蜜的外號於此時此刻聽來卻十分不堪，阿傑不與她交談，目不斜視的向老杜走去。

「她怎麼會在這？」阿傑背對著她說。

「大家輕鬆點，都舊相識……」老杜嘿嘿的笑著，暗忖在電話上和阿傑約好的時間應當恰好錯過這會面，是他來早了。

「相識？我呸。如果她不是女人，我早就給她一頓粗飽。」阿傑揎拳捋袖，想必是動了真氣，她急忙閃躲至走廊另一側。

「你先走吧。」老杜對著那端說，她樂意之至，半走半跑一溜煙早已不見蹤影。

不待片刻，阿傑和老杜算完帳後嘆了口氣，但眼睛心虛的不敢抬起，「做完這趟，我不想做了。」

老杜斜睨著阿傑，看出那雙眼裡的倦怠，像哄孩子般笑拍他肩膀：「沒問題，累了就休息一陣子吧。」

阿傑挪了幾個步子，希望能表達出對這件事的慎重。「不是……我是真的不想做了。」

老杜沉靜了起來。阿傑黯然盯著走廊盡頭那片壓縮在鐵欄氣窗裡的天空，灰濛濛的一團雲霧裡打出兩個閃電。

有幾聲吠叫從貨倉那方傳出，天驟然轉暗，滂沱大雨夾雜著鬧轟轟的雷聲，給人一種天崩地裂之感。阿傑想起了玉梅，她肯定在公用的後院忙著收衣服被單，那片單薄的肩膀上還得再堆上阿清嫂他們那整家人的衣褲，「哎唷，順手而已嘛……」她還會像責備阿傑小氣般的回應他。

老杜靠過去搭著他的肩，「兄弟，我完全明白！……放心，小蝶不會插手這一塊，今天湊巧讓你碰見而已，下次我叫她別來這裡就是了。」

「其實不關她的事，我債務也快還清了，想過點平凡簡單的日子。」阿傑心裡明明是堅定的，然而語氣卻顯出立場的薄弱。

「喂，你不能說不幹就不幹啊，自己靠了岸就不顧兄弟死活了。做人要多點誠信才好啊，兄弟。」雖不至於翻臉，然而老杜已斂起容，手指在木桌上不自覺敲打出的聲響裡有種盤算著什麼的陰沉，阿傑才意識到這扇門易進難出，人在江湖身不由己的無奈惴惴而生。

「我可以等你們找到合夥人再退股。」

「你當我們這是什麼生意，哪來的合夥人，你找給我啊?!」老杜吼了起來，那雙深不可測的眸子裡沒有靈魂，只有深淵和枷鎖。

阿傑急了起來，拉高分貝的喊，「大不了退股後的錢，全歸你們，行了吧？」此刻他迫切的割肉只求自由，這件事積壓在內心也有些陣子了，總找不著適當的時間點與老杜溝通。現在這麼一鬧，即便是吵了上來，也有種一了百了的快活。

「連這台貨車也拿去，我什麼都不要了，都給你們。行嗎？」反正離開之後，他打算與玉梅另覓地方生活，這群人他橫豎是信不過的。

老杜緊繃的面容即刻軟了下來，嘿嘿又笑了幾聲，「哎唷……跟你講講笑，這麼認真幹嘛哩。」他的情緒從不需要藉由任何的起承轉合便得以發揮。

老杜的笑容像根綿裡針，看似柔軟而內藏危機，也不知道何時會刺到自己。苦就苦在還未明刀明槍前，也無可怎麼著，揪著一顆擔驚受怕的心，阿傑就快瘋了。天知道他們暗底下還幹了什麼勾當，阿傑插了半隻腳進去，彷彿什麼骯髒事都與他扯上了關聯。他不怕死，就怕玉梅受苦，他的前半生已給她太多痛苦，他要把屬於她的幸福還給她，但怎麼越還像欠得越多，最後連自己也賠了進去。事到如今他不知道要怎麼收拾。

「你這傢伙就是心直口快，嘿嘿，瞧你這火氣……做兄弟的難道還會跟你計較。」老杜順了順阿傑的背膀，再往他的虎口裡猛然塞上一卷鈔票，「這算兄弟的一點意思，給玉梅加個菜，早點回去陪她，去去去……」

阿傑騎虎難下，無力的雙腳被老杜半推著走。

這時正有個伙計推開彈簧紗門，「杜哥，貨……」

老杜瞟了一眼那破舊塗上紅字的貨卡，「阿漢，去幫忙。小郭呢？」那伙計怯怯的指向後方鐵皮屋，「去叫他啊！還愣在那做什麼。一群飯桶。」

「來了，來了……」

阿傑在一片叫囂聲中默然踱向走廊後門，和小郭剛好擦身而過。

「喂！阿傑！」老杜在他背後一喊，「你的至理名言我一直都記得！」食指在腦門前輕點了兩下，那模樣實在可憎。

阿傑才一回頭，剛才用力推開的彈簧紗門重重打回肩上，這一下可真疼。「沒有人能逃得過為五斗米折腰的命運，尤其是我們這種人。」他是說過這樣的話，只是他越發覺得這句話很有破綻，折腰的限度實在太不明確，而他已步入老骨頭的年紀，許多事早已不堪負荷。

有隻狗也不知道從哪跑了出來，在阿傑貨車旁虎視眈眈的覬覦著車廂裡的東西。「喂，幹什麼，走開！」阿傑橫跨兩步揮拳試圖喝止牠，牠也不甘示弱的定在當場，還有兩個同伴齊齊趕到，激烈爭執一觸即發。

這時幾乎所有人都聚在裡頭收貨點貨，聽候老杜的發落。阿傑隨手抄起藏在駕駛座旁側的木棒，賞了那隻黃狗幾棍，但也沒佔上多少便宜，牠們幾個一塊圍攻阿傑一個，他因此受了點傷。

阿傑趁那隻像領袖的大黃狗不備，又給牠來上一棍，牠痛苦的哀嚎著。趁這空檔，阿傑拖著疲憊的身子蹬上貨車，踩緊油門後加速離去。

一場混戰下來，阿傑越發嚮往著平淡的生活，與玉梅在鄉下自力更生、種菜養雞，哪怕一天只有一頓飽飯，也是愉快的。

往事倏然一幕幕的浮上腦海，這十年來，他努力的彌補，卻怎麼也補不及新犯下的錯誤。他怎麼就沒想過這條路是易進難出……

那時他只想著錢、錢、還是錢，十一年前他有的是錢。那是他最意氣風發的時期，買了位於熱鬧市區的新房子、換了一輛高級休旅車，也陸續汰換掉傢俱和一切生活必需品，最後當然也包括玉梅，「她才是最該被換掉的。」依照他當時的說法。

突然某一個夜晚，他躺在駝色的智慧型按摩椅中舒壓，看到新聞的報導才驚覺食品公司的上游廠商出了事。他立刻放下已潑灑出半杯的紅酒，撥打電話給他的哥兒們兼拍檔。張順才花了整整一小時才說服他再拿出一筆周轉資金。

「就當他們吃壞肚子，賠錢了事囉。錢再賺就有了，小事而已，做這行的多少都有這種經驗。」阿傑當時聽到這些話時，心下已覺得有些不妥，然而當時慌亂無助，又沒有玉梅在一旁出主意，只能選擇再一次投下信任。

過了兩週，張順才突然失去了聯繫，只留下一間阿傑掛名的負債食品公司給他。同一時間，對他一往情深的小蝶也不知所蹤，時間上的巧合讓他不願再往下探究。

假使金融風暴沒有同時發生，阿傑所擁有的基金和債券說不定能讓公司至少免於倒閉，也不需要宣告破產。

這件事令他對人性失望透頂，平時稱兄道弟的那些人見他落魄了，甚至連編個好一點的婉拒理由都嫌費事，唯獨擁有非人特質的玉梅還願意對他伸出援手。

他感激玉梅，也感謝小蝶堅持要留在歐洲多玩個幾天，讓他被迫在簽離婚協議的當天失約。從此之後，他便對自己發誓要罄其所有的對待玉梅，不再虧待她。

這十幾年他什麼賺錢的活都肯幹，包括出賣良心。現在債已差不多還清了，良心的譴責也緊接著這時間對他敲門。那些事他不敢讓玉梅知道，她像個純淨無瑕的天使，繡著義工二字的背心彷彿無時無刻都穿著，對身邊每一個生靈皆無分別的伸出援手。早在二十九年前第一眼見到她時，他就認定了是她。

他不想讓她失望，他害怕再看到她失望的神情。看看這雙手，是沾滿了污穢和罪惡的雙手，她肯定會很失望……

他懊惱的搥擊方向盤，車廂也咚的一聲回應。

「回來啦。」玉梅早就在屋內聽到貨車熄火的聲音，但唯獨不見人影，便走出門外查看。

玉梅無疑是這世界全部的美的濃縮，阿傑坐在駕駛座看著她信步走來，她早就不氣了，還熬了些藥草湯等著他。

車廂內又是咚咚幾聲，這次阿傑聽得清楚，隨手抓了根棍棒，輕輕闔上車門，左臂將玉梅往身後一掃，「噓……你先進去。」

他步步謹慎的接近車廂，深吸了口氣。

嘩，一陣撲鼻的惡臭和血腥味隨著車門敞開時飄散開來。

「嗚……」牠低嚎了一聲後體力不支的厥了過去。

阿傑拿著備用手電筒射向車廂內，看著那一團深褐色模糊的皮肉，忍不住尖聲抱怨，「媽的，我怎麼這麼衰。」這時間垃圾站恐怕都已經關閉，而開車前往荒郊野外的路途又太崎嶇，正頭痛著如何處置這燙手山芋時，玉梅已提著一桶水從屋內快步走出，因找不到紗布，便撕了一件不常穿的乾淨衣服抵在牠崩裂的傷口上。

阿傑愣了一會，隨即接過她手中的血衣，「我來我來，你別碰，那髒啊。」

阿傑依照指示，洗清、擰乾、擦拭，反覆做了幾次，桶內的水已呈暗紅，傷口並沒有想像中那麼糟。

玉梅在做義工時學了不少急救知識，拿著手電筒指揮阿傑一步步清洗創口，「可憐的小東西。」她癟著嘴，眉毛皺成了八字。

「小東西？」阿傑回頭一臉愕然的看著玉梅，手還擰著淌著血的布。

「誒，誒，專心點，牠好像醒了是不是？」玉梅並不與他抬槓，仔細督促著。阿傑用手背揿了揿汗珠，喘著粗氣還不忘喃喃的叨唸，「這叫小東西？……我看牠起碼二三十公斤……我就說今天踩油門時有些怪……」

街口傳來幾聲吠叫，是在魚市常和阿傑討食物的哈士奇流浪犬，牠奔了過來一躍就躍上了貨車，玉梅呵呵笑了幾聲，抵不住牠撒嬌般的推搡。

「阿波，別鬧了，下去！」阿傑一吼，牠立即嗚嗚的下了貨車，但還在那探頭探腦的望著車廂內。

「呼，大功告成。」阿傑如釋重負的說。玉梅擱下手電筒，拔腿要往家裡去，「我去翻翻有什麼可以給牠吃。」

「你還想留著牠！」

「牠傷成這樣，你要牠去哪？」她眉眼又皺了起來，阿傑的心也隨之一軟，「好，好，你喜歡就好……」

阿傑也不知道怎麼給牠取了個名字叫阿吉，牠真是個不錯的傢伙，不只幫忙顧這個家，還幫忙顧車位，凶猛的樣子令人看了真欣慰，他李傑發要是能有個兒子，肯定也是個勇猛的料子。

玉梅用殘布幫阿吉和阿波各做了一件衣服，阿傑從肉品老闆那要來一塊皮，打算刻上牠們的名字。這樣小而單純的幸福，阿傑到現在彷彿都還能感覺到，可是這感覺已經無法延伸到任何現實上了，他想伸出手，抖抖腳，但無法下達命令，像被困住了。「喂，有人嗎？」他盡情大吼，那聲音卻像是憋著出不來，畫面從意識裡強行滲入，他毫無抵抗能力。

意外發生的那一天，北富魚市的傑老大鐵板牛排館掛上了公休的牌子，他不該在這時候出現。

空蕩蕩的一樓，只有些稀鬆平常的狗吠嗚咽，阿傑有些話急需和老杜談談。

「傑哥，杜老大在樓上有客人。」阿良說。

阿傑如充耳未聞，一臉灰撲撲的踏步就要往三樓去，阿良忙用身子挨在樓梯口抵擋，「就別為難我了吧，傑哥……」

阿傑哼一聲，欲推開阿良，卻又像想起什麼似地折返，推開一間擺滿鐵籠的房間，沒找著接著又推開另一間。

看到阿傑，波哥疲憊的喊了一聲。

「媽的，你們連我的狗都抓！」阿傑揪住阿良的領口，就要揮過去的一拳停在半空中，「鑰匙快拿出來！」一旁的其他狗兒也跟著躁動了起來。

阿良又是那副窩囊樣，阿傑掃視那一排又一排的鐵籠子，心裡有陣淡淡的哀愁，是從來也沒有過的。每隻狗兒眼裡似乎全閃爍著點點亮光，憨憨的面容裡都嵌著阿波和阿吉的影子，他恨不得將能開啟的籠子全都開了，好像壓根忘了自己也有份參與幾次的夜間捕狗行動。

對於這裡的事，阿傑越來越不想知道得太多，他再不想讓老杜對他用冷處理那套，今天就把話一五一十的說清楚，他決心要投奔自由。

「給啊你！給不給！」阿傑已經賞了阿良幾拳，他也還是那副德性。「好！等會兒再來收拾你！」他猛然推開阿良，疾奔上樓衝進三樓加蓋的鐵皮屋大門，這出乎阿良意料之外的場面，讓他毫無招架的機會。

「關門，關門。」老杜使力揮動手臂，阿良被瞪了一眼，怔著關上門後即刻退出去守著。

這最後的門終究是給阿傑闖了進來，然而這扇門卻是有進無出，眼前的一切讓他的驚愕又往上推至新的層級，他結巴著問：「這……怎麼……怎麼回事？」

一些孩子女人被反手綁著，用繩索串成一長排，看到阿傑有如遇到救兵般紛紛用頭撞擊鐵籠引起注意，某個弟兄忙拿電擊棒戳了幾下，即刻間降服了躁動。

那些人蓬頭垢面不在話下，有些人更是損手爛腳，擦傷破損潰爛的皮膚分布在身體各處。很顯然他們要取的並不是於表象身外的一切，而是那可供延續生命的更珍貴的內在之物，因此保持新鮮活跳便是一個重要環節，一旁的醫療氧氣桶和點滴瓶附和著阿傑的臆測。

「你說呢？……喜歡這門新生意嗎？歐洲國家一顆腎能賣多少錢你知道嗎？」老杜用手指比了個四，但沒有載明後面有幾個零，「你看看這裡可不止一顆，還有其他部位可摘，做兄弟的，別說我不關照，加你一個，以後有錢大家賺。」

「你們怎麼……這些人哪抓來的？……這是人命啊！會坐牢的……怎麼可以這麼搞！」阿傑嚇到舌頭都打結了。

「喂，兄弟，你那臉正義的模樣唬到我了。」

接著是一陣哄堂而笑。

「又是那些不正當的管道？去偷？還是去搶？怎麼連人也可以這樣幹……」阿傑倒抽了一口氣，難以置信將雙手狠狠掐入髮絲之中，眼前一片昏天暗地。貪婪沒品的不良攤販商，他認了，但他從沒想要走到這麼遠，他到底還是個人。他終於忍不住歇斯底里大喊：「你們還有沒有人性啊！全都瘋啦？」

「人性？喂，眾生平等啊，沒聽過嗎？嘖嘖嘖……你怎麼和那些凡夫一般見識……狗場這門生意你賺飽了，現在不過是依樣畫葫蘆，到現在才跟我擺什麼天使的架子，你才瘋了吧?!」

阿傑無話可說，悻悻的低著頭，指尖一點一滴的嵌入手掌心中，老杜這話也不是全然沒有道理。

「好了，別怪我沒告訴你，我怕你忙，又跟我扯那些不想幹的鬼話。既然來了就拉張凳子坐下吧。」

「我不可能幹這種事！」阿傑倏地轉身，老杜使了個眼色，一名伙計的臂膀擋住了門。阿傑從沒見過這名高壯的伙計，顯然是老杜為了這門新生意所加設的新規格。

「你這是幹嘛？突然良心發現要和警察站在同一陣線了嗎？勸你省省，這區的警察大多都是我們的好朋友。」老杜乜斜雙眼，目光直射向角落的另一個熟悉面孔。

縱使只有一笑，那把聲音他死都認得。「有機會一起發財啊，兄弟……」舊仇新恨，阿傑勢必要他給出一個交代。「王八蛋，你害得我還不夠……」出手就是一拳。

張順才連忙退開，擠在兩個伙計後方探出頭說：「誒……有話好好說……」

「說？好啊，你他媽去跟閻王老子說！」阿傑一個箭步往前踏，攥緊的拳頭終於得到發洩處，張順才的頭部被重擊了兩下撞上桌腳，伙計急忙拉開阿傑。

「好了好了，扯平了，」張順才手摀著頭嘟囔著說：「不過就是錢，我有大把，還你就是了。」

「扯你去死！」兩個大男人架住阿傑的雙臂，他空閒的右腳奮力往張順才身上又猛一踹。

張順才沒處躲，右膝蓋骨只得正面迎擊那股怒氣，有些輕微碎裂的感覺，他只哀嚎了幾聲卻毫無動怒。也許是脾氣改了不少，又或者人變得有錢之後都會變膽小，阿傑亡命之徒的氣勢著實嚇著他了。

老杜一手拍在木桌上，震天一響，「鬧夠了吧，哼！」阿傑被他冷不防的推了一把，撞上後方的伙計，老杜接著往張順才坐著的椅凳上也踹了一腳，「鬧完了就說清楚，否則誰也別想走。」

「這事我幹不來！」阿傑決絕的表明了心跡，將頭瞥向鐵窗外，現場的凝重又加重了一些。

「我想你搞錯了，這不是你發表意見的時候，現在你人在這，我們已經是在同一艘船了，難保你出去不會告發我們。」老杜的口吻裡充滿了陰森，不再有挽留的意思。

阿傑踏了幾步搶在門邊，「要不錢全給你們，再多給你一點也行！我會離開這個地方。」這一個舉動便是激起老杜殺機的導火線，倏忽間弟兄們的臉全黑了起來，圍成一座環狀的人牆。

老杜低頭嘆了一嘆，「他的心已經不在這兒了……」這話像是自言自語，也像是對著眾人們說的。他慢步走向阿傑，那眼神裡的真誠轉瞬即滅，「這恐怕已經不是錢的問題了。」

這是阿傑聽到的最後一句話。

接著一陣毆鬥，電擊棒滋滋運作著，之間穿插了物品砸落的巨響，大約十多分鐘後，聲響趨於靜止，幾個男人喘著粗氣，棍棒紛紛跌落。

「這老傢伙跟頭瘋牛似的……」某個伙計對著地上已靜止不動的阿傑又踹上一腳。張順才仍躲得遠遠的，腦裡邊重複著老杜說的那句：「他的心已經不在這兒了……」

「快拿出去處理掉，乾淨俐落一點。」老杜的神情也比剛才凝重了一些，雖然早已不把人命當一回事了，但那到底是多年的老拍檔。一旁的伙計似懂非懂的頓了頓，老杜才又忍不住吼：「拿去後院啊！豬腦。」

「喔，喔。」兩個伙計忙不迭的應聲，提著屍身倒退著往樓梯口方向拖行。

「用搬的！」老杜幾近咆哮的罵了一聲，「血都拖一地了，真他媽的無腦廢渣！」最後是窸窸窣窣的幾聲，是阿傑手機摩擦著牛仔褲的聲音，吱呀一聲，鐵網門開了，吠叫聲四起。

「媽的！還活著。」兩個伙計一陣手忙腳亂，電擊棒滋的一聲，然後就什麼聲音也沒有了。警方後來在那幾隻藏獒犬的木屋裡頭找到那隻被咬爛了的手機，幸好記憶卡未遭損壞。

這是刑警大隊劉隊長第三次聽這錄音，這一次他彷彿在最後那幾秒時，聽見那把男聲若有似無的喘息聲中竭力想發出的兩個音。是「于美」嗎？……

劉隊長將這個發現標示在資料的某一處，尚有幾個疑點還未理清，目前初步估計這應該是人蛇案主謀之一，因為內部糾紛而導致謀殺，但死者身分必須等待法醫的報告才能進一步追查。

「夠了，夠了！」他掙扎著想揮去那些畫面，哭到岔了氣，淚眼婆娑的猛喊停，像是早知道令他更心碎的一幕即將到來。

眼前又變得霧茫茫一片，「停停停……」他不停揮動雙手，眼睛睜了又閉，閉了又睜，毫無分別。白霧在瞬間一收，眼前畫面越來越清晰，最後聚集在一個小點上，他終於回到他的老家。

玉梅已經幾週沒有去療養院做義工，事實上她哪也沒去。她睜著眼，卻已流不出眼淚，腦裡流轉的畫面清晰得就好像時間沒有界限，好像才只是昨天，好像已經過了好幾年。

才幾週前，她與阿傑一如往常的在魚市開攤，在溫度高達兩百五十度的鐵板上，阿傑拿著鐵鏟在板上鏗鏗鏘鏘的翻動著食材，一塊塊肉排裝盤後，放在特製的木板上，再分批端給客人享用。隨即馬上又熟練的勺了一小匙油，打了幾顆蛋準備炒飯。

玉梅心疼的為他抹去額頭上沁出的汗水，畢竟那是她僅能做的。

「這裡燙啊，你過去那邊，過去櫃台那裡坐好……」阿傑一邊揩抹額上的汗水頻頻笑說：「今天生意好，明天開攤前去替你買雙鞋。」

「誒……不用，還穿的好好的。」

玉梅嘴裡嘀咕，踮起腳看後跟都磨平了。腳上這雙陪她走過十個年頭的鞋，補了再補，其實也是貪它耐穿且還不難看。只是這雙耐穿的鞋總是和凹凸不平的地表硬碰硬，讓出了毛病的膝蓋關節很吃不消。

隔天下午，阿傑抽空帶著玉梅去市區百貨公司挑了一雙氣墊運動鞋。自從金融風暴後，那個價位的物品對他而言一概都是奢侈品。然而看著玉梅一穿上後臉上舒坦的表情，他覺得一切都值得了。

阿傑和玉梅結縭近三十年，不是沒經歷過中年的婚姻危機，最後卻是另一個危機解救了他們的感情，但付出的代價是阿傑大半輩子努力攢下的老本，和負債累累的十幾年光陰。

「那件棉襖你擺哪去啦？」玉梅一喊，把阿傑從三十多年前的往事中拽回現實。他回頭一望，只見玉梅捧著一堆棉被衣物，臉都給淹沒了。

「誒，誒，你歇會兒，我來幫你吧。」阿傑伸出手卻不知該往哪裡下手。

「還有什麼衣服要洗？趁天氣好，全都拿去洗了曬一曬。」她說。

阿傑回房打開衣櫃，一目瞭然，連找的功夫也省了。空了也好，也好……一貧如洗也未嘗不是件痛快的事，經歷過那樣的大起大落，唯一的幸運就是還來得及珍惜該珍惜的。

「玉梅！我們照相本擺哪？」

他喊了半天沒有回應，這時她應該在前院澆花。阿傑興味盎然拖出幾盒擺在床底下的舊紙箱，逐箱翻找，不敵塵蟎飛舞盤旋，他打了幾個大噴嚏但仍不死心。一個不經意的抬頭卻讓他找到了，上頭還蓋著一塊玉梅常用的手帕，原來越是顯眼的地方越容易讓人遺漏。

這本相簿是阿傑精心挑選的，他不識英文，之所以挑選它，完全衝著封面上的雙層巴士。他們倆就是靠巴士結的緣，雖然老羅那輛不是雙層。啊……那些片段他到此時此刻都還記得一清二楚，那曾經支撐他給他力量度過生命中最難熬的半年。

翻開第一頁玉梅的側影相是阿傑最愛的一張，那時他們倆剛相識沒多久，他陪她去養老院做義工趁她不注意時拍的，他說那樣最自然，他就喜歡她自然的樣子。玉梅不算麗質天生的那種美女，論五官純屬中庸，但若天使有個長相，在阿傑眼裡就是她的模樣。

有一張是他終於還清父親欠下的債務，和她去阿里山補度蜜月時拍的，他攬著她雙雙背靠在欄杆上，笑得真甜。還記得旅行團同行的小伙子總是藉故和玉梅攀談，阿傑並不感到意外，他只擔心無名指上的鐵環不夠力，他要緊緊的環住她，在活著的每一分每一秒裡。

如無意外，他們應該已經環繞了半個地球，而不是鎖在這十坪左右的小空間裡過著入不敷出的日子。如果能再選一次，直到下輩子，他都要玉梅每一天陪伴他在國王尺寸的記憶床墊中甦醒，乘坐頂級休旅車漫步市區，或環遊世界吃盡天下美食，偶爾也過點神仙眷侶般的樸實鄉村生活。

然而當時國王尺寸床墊的記憶裡留下的都是嬌媚曲線和吹彈可破的年輕軀體，至於休旅車副座的女主人，那總是不經意在行車間挑撥他鬢髮的小蝶，卻在他最落魄時人間蒸發。

「也該給牠個名分了吧。」玉梅倚在門邊笑說。

阿傑一時驚愣得闔不攏嘴，直到玉梅掇起床頭櫃上的手工半成品，他鬆了口氣，從玉梅手中接過那項圈，吹掉上頭才剛刻下的皮屑，阿吉兩個字刻得歪歪斜斜卻滿載著愛。

阿傑得意的說：「這孩子可真有我的那種架勢。」也許人得在一定的年歲上才會懂得珍惜，這樣的孩子在阿傑的生命裡實在太多，來來又去去，卻沒能留住一個。

「我們終於能有個孩子。」玉梅強忍住的淚水，卻在阿傑那兒潰堤了，他哽咽中有了個決定，「以後我們把牠養在家吧。」

「那阿波呢？也一起？」

經玉梅一問，阿傑整張臉驟然一黑，玉梅沒見到他的神情，望著窗外開始有些擔憂，「好像幾天都沒見到他了……會不會發生什麼意外?!」

「阿傑，你說呢？」玉梅接著再問，整張臉焦急得飛紅起來。

阿傑的面容卻依然暗如死灰，目光緊盯著那塊崩裂的磁磚，手指無意識的輕擊桌面，半晌才將桌上一串鑰匙刷地收攏，「別擔心，我會去把牠找回來！」

自從阿傑改過自新後，與玉梅之間幾乎沒有祕密，但最近她發覺他有些不對勁。其實已經有大半年了吧，有幾次收攤回家後，阿傑又藉故要出去一趟，有時說要找食材廠商老闆談一談貨源的事，有時說是朋友相約喝一杯聊聊天。但玉梅不是別人，她可是吃過悶虧的傑嫂吶，難道見過鬼還不怕黑嗎？尤其近幾週，阿傑躲在魚市角落捂著電話細聲講電話的次數變得更加頻繁了。

雖然這段期間阿傑表現良好，但她心裡總有個小疙瘩不停的在擴張，「當初那女人出現時，就是像現在這樣……」往事一幕幕浮現心頭。

凌晨時分，阿傑終於回來了，但她沒有吭聲，因為不願意冤枉好人，他也沒有吭聲，洗了個澡就倒頭大睡，看來是真的累壞了。

「怎麼？沒睡好？」隔天一早，阿傑正在鍋裡炒熱昨晚剩下的食材，回頭瞥見一頭亂髮披垂及肩的玉梅，眼下的黑眼圈緊逼著臉頰。

她隨意攏一攏頭髮，急忙扯說是因為夜間聽到幾聲狗兒嗚咽而睡得不好，但其實昨晚哪有狗兒，巷子裡靜得連樹葉擺動的聲音都聽得見。不過玉梅也並非全然的胡扯，以前真的常有些狗兒的聲音傳遍巷弄，像是在哭又像是在叫。玉梅在那樣的氣氛下，又憶起許多不堪回首的往事。

阿傑突然哇的一聲，被鍋裡潑灑出的熱粥燙著了。

這還不是心虛？……她腦子又出現一些喋喋不休的噪音。但她竭力克制那聲音繼續再控制她的思想，轉開收音機，現在正播放著一首她喜歡的老歌，她輕哼著。

阿傑啜著豆漿，陶醉的望著玉梅擎著向日葵造型噴頭的花灑，就像他第一次見到她那樣……

他看著她鬢髮因歲月而染上的白霜，看著她不敵地心引力的皮膚失去彈性光滑，但永恆不滅的卻是她眉宇間流露出的良善。他自忖自己不算是個好人，而玉梅就像海上的明亮燈塔，在每一個暗夜，為他這艘不繫之舟指引著方向。想到這他急忙撇開頭，心想他做的事，一定很令玉梅失望。

一通電話打斷了他的自我懺悔。

「……對，我是這樣說過沒錯，但……」他的口氣從不耐漸轉為低沉，「……我想我們這陣子還是少一點見面。」他不要老杜再來魚市找他，再這樣下去遲早被發現。

掛了電話之後阿傑從房內踱出，和迎面而來的玉梅幾乎撞上了。

兩人臉上都掛上了不期然的錯愕。

所以她都聽到了嗎？……阿傑不由自主地開始往回推算玉梅澆完那幾盆花接著走進屋內所需耗費的時間。

玉梅此刻的腦子裡沒有其他雜想，她只聽見滋的一聲，像有什麼東西裂開了，十幾年來重新建立起的信任從裂縫中緩緩滲出。

倒數最後一天，他們一如往常的採辦貨品、處理食材、準備開攤和收攤後的清潔工作。即便每個細節和步驟都是一樣的，但心境產生變化後，什麼都不同了。奇妙的是那種心境彷彿寫在空氣裡，不消言語溝通就能心照，或許那就是默契。

「阿吉，來。」玉梅拿了幾塊客人吃剩的肉絲放在鐵碗裡，牠搖著尾巴正準備大快朵頤，阿傑一把攔截了鐵碗，「就叫你別給牠吃這個，吃買的乾糧！我不是買了一些放在那兒嗎？到底要講幾遍吶……」因為急了上來而有些火氣。

玉梅什麼也沒說，只是默默的想要把他看個仔細。當初那女人出現時，她曾經見識過這張充滿厭煩、不耐、滿心只想要找碴的嘴臉，現在又看見了。

「我出去一下。」他說。

是啊，他又要出去了，步驟準得跟鐘似的，接下來呢？離開這個家吧？她該傷心嗎？……好像是，但就連難過也提不起勁，就只是單純的心灰意冷。

阿傑幾夜未歸，這不是什麼該大驚小怪的新聞，然而某一天早晨，警察致電的環節卻遠遠的超出了玉梅的計算當中。

警方接獲報案，在海裡打撈出一輛嚴重變形的中古貨車，幸而車牌還得以辨識。玉梅在胞弟的攙扶下去了一趟警局，警方表示貨車衝破公路柵欄後，在山腰翻了幾翻，筆直掉落海中，以車身的毀損狀況來估計，阿傑恐怕是凶多吉少，肇因則是酒後駕車。

「是那位小姐報的案。」警察指向玻璃窗外一個身著紅色洋裝的女人，紮著馬尾，髮圈上的金蝶在強光照射下忽而一閃。她側身一瞥，也許是知道玉梅的到來而快步的離開現場。

「她……她不是那個……怎麼……」玉梅手中的薄荷醒神油摔落地面，半句話哽在喉中，那一股強烈的情緒，是從來也沒有過的。他到死前都還要跟她在一起，呵……她的心一邊冷笑一邊哭，都是為了自己，因為她既可笑又可悲，像個投訴無門的含冤者。

他贏了，徹底的贏了。

心靈教室

明亮的日光燈管藏在網格狀的鐵罩中，鐵灰色的桌椅順著階梯排至講台桌，零星的空位散布在各處，整體的氛圍異常冰冷，和投影機映出的勵志小語有些格格不入。

「大家坐靠近一點啊。」助教半哄半勸的也僅造成有限的效果，雖然人人臉上都掛著笑容，但下半身卻十分吝於付諸行動。

「生命中的巧合事件」，這是互動式教材上的第一行字，導師要求大家認真的回溯從前。呢喃細語貫穿了全場，有些零星的笑語擠在右後方的角落，婷貞早就注意到這些外星迷，動不動就開口能量閉口振動頻率的，她不懂那些東西也不想懂，巧合應該是降臨在你身上的真實事件而不是特意去挖掘出對號入座的那些。

阿光分享了一則夢中夢的預言成真的故事，現場一部分人驚嘆連連，一部分人充耳未聞，婷貞則是屬於務實派的後者，生命中有更多真實的事該關心，不該著眼在那些虛無縹緲的死無對證的事件上。

「從事件中得到的啟發？」講義的第二章標語打在屏幕上，這次換婷貞先一步舉起手，她的切身經驗教會她的事正是務實。婷貞手執著麥克風，下頷微微提起，深吸了幾口氣，那口吻確實是放了情感的。

婷貞一邊揩抹眼淚，助教急忙遞上面紙，她的那一則子欲養而親不在的憾事，身邊的朋友都聽過了幾次，曾幾何時婷貞也是積極追求夢想的勇者，她敢做敢當勇往直前，放棄了百萬年薪和男友共同創業，燃燒了青春和熱情卻換到一段失敗的情感和幾年負債累累的時光，直到父親的過世才喚醒了她。

「其實憑良心說並不是夢想的錯。」阿光聽完整段故事，始終認為那是婷貞有能力可預防的，譬如說在第一筆資金耗盡時她應該先不計代價拋售庫存，而不是趁低價再補貨填價差。

「拿果推因的人都是自以為聰明的馬後砲。」婷貞這一句諷刺的話不知道阿光是聽懂了沒有，他又補了一句：「可能只是遇到不對的人吧。」簡單來說就是遇人不淑，這話婷貞自己和姊妹們都罵到爛，但這時候經由阿光的口中再聽一次卻不是同仇敵愾的感受。

「所以現在怎樣，大家要來比運氣是不是？衰的人就輸就該死？」婷貞怒斥。

現場爆出些許火藥味，零星的座位霎時被填滿，怯生生的面容已不復見，氣氛登時飆升了幾度。助教趕緊發下蘇打餅乾和罐裝飲料讓大家降點火氣。

玉蘭阿姨坐在中間只好充當和事佬，笑口吟吟說大家講得都很有道理。實際上她其實沒什麼想法，會來這個課程主要是因為她家正好住在附近。心靈提升的課程最近很火紅，她好奇來看看，但很懷疑充實自己哪是靠嘴巴說說就能夠做到的事。

中場休息時間阿光主動來和婷貞攀談，有時情緒也就是那麼一回事，來得快去得更快，說開了也根本沒什麼事。

「你有想過開一間心靈教室嗎？」阿光突然說，「或許可以結合簡餐或咖啡那類的。」

「我可以免費幫人算塔羅牌。」娜娜也想湊一腳。

「你怎麼知道我的第二個專長就是烹飪。」婷貞乜斜著嘴笑，細數著那些她拿手的菜色。

「你們是不是講真的啊，我表舅剛好有間網咖要收，我有點想頂下來做。」阿賢說。

「喂，喂，算上我一份，我做會計，可以幫忙收錢。」小庭說。

「想得美，沒專長就去端盤子吧你。」阿光糗一糗她，小庭不甘示弱的說，「總比你好，你的專長是洗碗，你洗的碗又光又滑，因為你是阿光。」

現場哄堂大笑，緊接著討論起宏圖大計，都不想上課了。助教一連恭請大家回座位幾次未果，拿出下週要進行心理催眠課程的講義，又成功引起眾人們的目光。

「這個課程我們得好好學，說不定到時候也可以用上。」娜娜擠擠眼，大伙兒的眼神裡有了共同目標，一股強大的力量將眾人凝結在一起，這種感覺就是團結吧。

「活在當下……」講義最後一章的標題，主要的內容是在叱責罪惡感和內疚這類的想法。懺悔總是對於檢視人生有很好的效果，從錯誤中學習經驗固然是好的，但活在過去的錯誤中卻是萬萬不可，活在當下意味著放開過去，曼萍很願意放下，唯獨那整件事緊緊咬著她不放。

「你專心一點好不好。」婷貞的目光不願錯過屏幕上的一點一滴，用手肘輕敲左顧右盼的曼萍，這姐妹為寵物病死了的事內疚了好一陣子，已經整整三天都沒有好好睡過一覺。

曼萍嚴重的沒有活在當下，上一章的課題都結束了她還在想，其實巧合的事有許多，諷刺的是那似乎都擠在這兩個多月內發生。要是子軒不是剛好出國；要是直立式掛燙機沒有壞就用不著熨斗；要是那意外不是發生在深夜，到處都有合法的寵物醫院；要是允潔沒有打來那通電話……或許巴弟就不會有事了。

是一連串的巧合造成這一場悲劇。她好像已經預見了子軒一下飛機趕著回來拆了這個家的模樣，「那是一條命啊！」他會對她狂怒大吼。她也知道是一條命，但又不是她殺的，她也很痛苦啊。

內疚和罪惡假使是個能丟就丟的東西，也必須要周圍的人事物都能相互配合才好啊，難道她將這件事拋諸腦後就可以當沒發生過了嗎？現實和理論之間本來就有嚴重不可跨越的鴻溝。

「周曼萍！這可花了我大把銀子，你最好給我從中學習到什麼，否則我……」婷貞的咆哮引來阿光他們的側目，她彷彿也察覺自己的失態，笑笑聳了聳肩。

曼萍的手冰涼僵直，一部分是課堂裡的超低溫空調所導致，她已經和內疚面對面了好一陣子，實在不需要再被加以提醒。但此刻腦裡卻有個一直被遺忘的環節正一點一滴的匯聚成形，那深埋在罪惡感底下的重要疑點，閉著眼，隨著記憶之河潺潺飄流，她幾乎就要……她就要……

抓到了！

「那一身黑色手套、圍裙和雨鞋活像個魚販的男人！」她驚呼，隨即吁出一口膽寒的醒悟，她竟然讓巴弟待在那樣充滿血腥味的地方?!安全嗎？她不敢想了，能夠預見自己的罪孽積分將往上攀升，說不定會破表。

那一晚發生意外後，曼萍六神無主撥電話到那間位於夜市的寵物店，他們介紹了長期配合的一間價格不便宜但有夜間診療的動物醫院，然後便是一連串噩夢的起始。

當晚急救過後，曼萍不得不把巴弟放在那過夜，隔天一大早就來探視牠，那時牠明明還好好的。

那間外觀充其量就像外婆的養雞場的動物醫院裡都是狗吠聲，也有些貓叫，但不明顯，根本沒有衛生可言的環境裡，醫療設備器材老舊殘破，幾輛卡車來來去去，巴弟眼神充滿了「帶我走帶我走」的訊息，但曼萍怕傷口裂開，要牠至少再待一天觀察。

第四天當曼萍決定要來接巴弟時，小布丁剛好發高燒，只不過延宕了幾天，誰知道最後只剩下一瓶骨灰。她大鬧動物醫院但最後仍寡不敵眾，一張嘴怎麼說得贏那十幾張嘴，再說連自家人也不力挺，想到這她都替巴弟感到心寒。

課堂進行到經驗分享的環節，坐在前座的綠衫婦人雙手緊握麥克風不甘示弱的嘟噥些什麼關於老公不夠體諒的事，導師和助教頷首不迭的表示鼓舞。

「你有沒有什麼要和我們分享一下的呢？」助教突然順勢向曼萍遞上麥克風。

正值薄暮時分，一道強光從窗外斜射進來，曼萍一站起身，腦中空白一片，紊亂的思緒像霎時對撞消融，但情緒還在攪和。

婷貞從販賣機買了一杯熱騰騰的咖啡給她暖手。

曼萍一不做二不休，索性將還新鮮熱燙的歷史給翻攪出來。對於醫護人員的回覆，她始終保有一絲質疑。巴弟好端端的怎麼會突然病歿呢？……

好吧，也許並不是那麼好端端的，但情況已經趨於穩定了不是嗎？

「你當中那幾天有打給寵物醫院嗎？」阿賢問。

「他們有讓你親眼看到寵物的……屍體？」小庭迂迴的態度就好像二次傷害。

「會不會還有些被掩蓋的真相？」阿光大膽的假設。

「我知道有一個老師會幫動物通靈喔。」娜娜誠懇的態度著實讓曼萍產生姑且一試的心態。

曼萍在那幾天之中當然有打給動物醫院，她千交代萬交代願意多付點錢請他們好好照顧巴弟，對方也聲稱沒問題。為什麼才區區幾天就感染了肺炎又併發其他器官的病變，以至於他們不得不先擅自急救，但很可惜還是回天乏術。

「藉口啦！」婷貞恨恨的說，這故事再聽一次還是很生氣。

「怎麼不告他們呢？」阿賢問。

這就說到了重點，曼萍原本也不打算放過他們，但子軒父母很不想為了這一點芝麻綠豆大的小事鬧上新聞，以免下一屆股東大會有人借題發揮。

「這兩件事哪有相關啊。」小庭說。

「他們說只要鬧上了新聞就是同一件事。」曼萍頗不以為然的答，這連日來的悶氣終於找到一絲絲出口。

現場一片抱不平的叫嚷中衝出一句細聲但刺耳的話：「他們是對的。」是左後方的一個穿襯衫的男人。他被眾人目光掃射著但仍不畏懼的又說了一次：「鬧上新聞就是同一件事。你們不知道大企業只要出了一點紕漏就會有成千上萬的股東等著來找碴，這就是現實。」

阿光和娜娜斜視著把眼轉開，跟這種現實又市儈的人多說幾句都會污染能量場。

「老師呢？老師怎麼說？」還在上高中夜間部的吳同學突然打了一個聚光燈在老師身上。

「很多事的發生都有它的獨特原因，你們有想過嗎？」老師不疾不徐的發表了高論。天啊，老師又把問題丟回來了，問題畢竟不能解決問題，沒有人想得罪老師，但都很有默契紛紛假扮沉思然後又回到小組討論。

「你剛才不是說有個穿卡其外套的男人？」婷貞問。

那是曼萍去動物醫院接巴弟卻只領回一瓶骨灰的那天。她六神無主捧著這小小的一瓶粉末，子軒的越洋電話正巧那時打來，她的罪惡感壓得她喘不過氣，結結巴巴交代不出來自己在哪，短短一小段路走得異常崎嶇。

剛好遇到那些人在卸貨，一箱箱粉紅色像是肉品的貨物腥味好重，她在等他們把唯一一條離開的路徑讓出來，這幾秒像幾小時那麼長，她心驚膽跳，整個世界像被恐懼給包覆起來，耳朵裡的嗡嗡聲像蟬叫，她看著停車場的那台銀色自小客車近在咫尺，只一心想要把油門踩到底，以最快的速度離開那個鬼地方。

養雞場般的動物醫院，羶腥惡臭殘破的鐵皮屋，貌似肉品的貨物一箱箱運出，還有那凶神惡煞看起來像流氓的幾個人，幾幅畫面並行切換融合成一個嶄新的事實。現在回想那一個當下，似乎聽到穿卡其外套的男人說，「那是人家放在這裡醫治，要還的！」那伙計囁嚅著回：「最後沒有幸，給牠脫逃了。」

「他們是不是在說巴弟？」曼萍掃視著眾人們問。

大家在第一時間紛紛避開那道灼灼目光，誰能夠擔得起這種責任啊。以直覺派自居的人認為他指的正是巴弟，那麼也就表示巴弟是脫逃了而不是病死的，動物醫院因為難以交代只好編造謊言。務實派的人認為這是個過於大膽的假設，那句籠統的話要怎麼對號入座都行，兩方人馬在這一個環節辯論了好一陣子，把剛才合作開餐廳的團結和氣都快給打散了。

「不論怎麼說都是個機會啊。」助教終於發聲，原來他也一直在聽。

「是啊，不然我們陪你去好了。」阿光說。

「你有車嗎？」娜娜的質疑有點像是中傷阿光的感覺。

「我有。」阿賢說。

「我也有。」婷貞說。

這樣就有兩台車了，八個人夠坐了。

曼萍也自覺上次明明理直氣壯，話卻講得癱軟乏力，主要正是因為勢單力薄，現在想起來有許多細節依然是模糊的，至少也該把整件事問清楚，否則怎麼向子軒交代。

曼萍開始撥打電話，「通了！」嘟嚕嚕嚕嚕，婷貞不自覺把耳朵湊近，兩人屏息以待。

電話才響了一聲，另一頭不知是誰把手機給切斷了。

又打，又再切，最後索性關機。

「這擺明了有問題！」小庭說。

曼萍怔著轉身想要問婷貞的意見，沒想到把咖啡碰灑了一地，像是一個什麼糟糕的預兆，而事實上本來也就夠糟了，哪還能更糟。

「要不然打給寵物店。」婷貞說。反正大家都已經摩拳擦掌準備要把這件事給管下來了。

杜老爹貓狗樂園的網頁比想像中還要繽紛趣味，娜娜的平板電腦裡跑出許多動畫和親子同樂般和樂融融的意象。

「到時候餐廳一定也要弄一個像這樣的網頁。」阿賢忍不住讚嘆，殊不知電話另一端的長音「嘟——」代表著杜老爹貓狗樂園即便擁有那樣出色誘人的網頁，仍不敵經濟蕭條的現實。

「連店面都收了，這還不是做賊心虛……」

不知道這句話出自誰的口，罪惡感再次籠罩曼萍，她想起巴弟骨碌碌的雙眸含著水珠要子軒帶他出去走走的那模樣，像不像牠最後一眼看著她的表情？

不！那模樣似乎又更加淒苦哀傷，不只是撒撒嬌的那種哀怨。

想像總是能把事實局部放大，他們從來不親暱的感情在此刻被賦予許多新的意義。當菜刀從大理石流理台沿邊落下，巴弟一個箭步飛撲將小布丁頂開，當場皮開肉綻，牠的見義勇為究竟為牠帶來了什麼？

當初以為牠病死了，雖然不盡然全信但也只好接受。

然後是這樣一個遲來的記憶碎片。那句片面話語的可信度似乎比那瓶骨灰來得真實，所以巴弟成功逃脫了嗎？

「啊呀！」玉蘭阿姨突然低吼了一聲，把大家都嚇了一跳，「剛剛說到肉我就好像想到什麼，家裡在熬排骨湯小火沒關，要燒乾了。」邊說邊拔腿往教室大門口狂奔而去。

玉蘭阿姨奔跑的速度雖然不快，龐大的體積從眼前掠過卻仿若一道閃電，大伙兒好像都變得恍恍的，「那我們還去嗎？」阿光問。

沒有人接下這話。

曼萍的目光隨著玉蘭阿姨的身影往街道的另一頭去到好遠的地方，期待總是帶來更多傷害，巴弟的生死下落早已經隨同杜老爹貓狗樂園的歇業石沉大海了嗎？

她不敢再想了。

巴弟

作者：林若曦
主編：曾淑正
內頁設計：Zero
封面設計：邱銳致
企劃：叢昌瑜

發行人：王榮文
出版發行：遠流出版事業股份有限公司
地址：台北市南昌路二段八十一號六樓
郵撥：0189456-1
電話：（02）23926899
傳真：（02）23926658

著作權顧問：蕭雄淋律師
二〇一六年七月一日　初版一刷
售價：新台幣二八〇元
缺頁或破損的書，請寄回更換

ISBN 978-957-32-7841-2（平裝）
YLib 遠流博識網 http://www.ylib.com
E-mail: ylib@ylib.com

國家圖書館出版品預行編目（CIP）資料

巴弟 / 林若曦著. -- 初版 -- 臺北市：
遠流, 2016.07
面；　公分
ISBN 978-957-32-7841-2（平裝）

857.7　　105008763